耕林 Just Novel
就是小說

耕林 Just Novel
就是小說

薔薇之名

ROSE'S NAME 下

天使之淚

紫微流年 著

[目錄] CONTENTS

薔薇之名

ROSE'S NAME 下

天使之淚

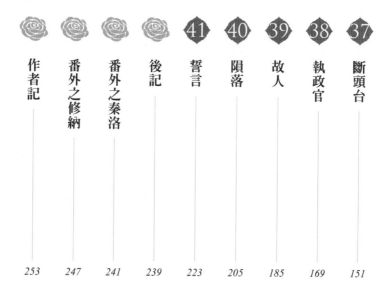

29 困局

以撒與三年前沒什麼區別，俊朗的外形加上出眾的氣勢，在人群中相當顯眼。他平日表現得隨和爾雅，唯有私下與隨從相處時會流露威嚴，儼然如天生的王者。

跟蹤以撒的難度極高，於是，奧薇用了一點小技巧——

她先於以撒出發，在去帝都必經的小鎮停下來，找了一家位於路口的旅店，黃昏時分就看到他的馬車抵達。她暗中監視以撒一行的動靜，待到對方入睡後，再連夜啓程，趕到下一個小鎮。

這個方法很有效，以撒完全不曾察覺。

一路上，她對他見過的人、做過的事瞭若指掌，最終抵達了睽違已久的帝都。

經歷數度腥風血雨的洗禮，西爾的帝都依然氣派，輝煌而壯闊。這座都城被喻爲「永恆之都」，城內遍佈粗礪巨石砌成的建築，堅固華麗，雄壯而不失精美。

街頭分佈著絢麗多姿的噴泉，與上百座形態各異的雕像，寬廣平直的帝國大道貫穿整個城市，大道兩側坐落著議政廳、樞密院、眾神殿、凱旋門、帝國廣場及審判廳，歷經風雲，依然佇立，成爲時代興衰的見證。

簡單的休整過後，以撒的第一站是富麗堂皇的帝國歌劇院。

清亮高亢的歌聲漸漸消失，轟然的掌聲在第二幕結束時響起，以撒在裝飾華麗的包廂內，慵懶地隨眾鼓掌。

在第三幕即將開始之前，一位中年紳士進入了包廂。

中年紳士顯然是應約而來，恭敬地脫帽致禮。以撒略一頷首，示意對方在一把絨面軟椅上坐下，隨著帷幕再度拉起，女高音完全遮沒了兩人交談的聲音。

「請原諒我的無能，」中年紳士略帶不安地致歉，「羅曼大臣雖然收了賄賂，卻不願代為轉達我們的意願。」

「原因？」

「由於暗中支援沙珊，執政府近年對我國相當反感，有傳聞指責那些主張與我國恢復外交往來的大臣是收受了重賄，他們甚至被抨擊爲賣國賊，羅曼害怕引火上身，近期一直躲避我的會面請求。」

以撒挑了挑眉，「民眾或許會意氣用事，政客卻只考慮現實利益，假如達成協定，對西爾同樣有利。」

「西爾對新能源很看重，恐怕難以接受這一交換條件。」中年紳士委婉地道出了棘手之處，「儘管戰爭讓執政府負荷沉重，但新能源已全面啓用，產生的驚人效用也開始有回報，財政壓力正在逐步減輕，加上民間對我國的敵意和排斥，在這種形勢下，很難說服西爾人！」

「詹金斯，國與國之間唯有利益永恆。」叩了叩扶手，以撒淡道，「我們要與他們談的不是交情，是交易。身爲資深外交官，除了清楚兩國各自的利弊所在，你更應該全力促成協議。」

「是，閣下。」輕淡的斥責帶來無形的威壓，詹金斯噤聲不語。

「羅曼如此貪婪又如此膽小，你確實挑了個好人選！」以撒低哼一聲，已有了決定，「敢避而不見，除非他捨得把金幣都吐出來。找一個適當的場合，我們主動去見他。」

包廂內的談話結束了，詹金斯首先離開，以撒繼續欣賞歌劇直到落幕。

奧薇收回視線，她正處於包廂斜對面的僕役通道，重重帷幕和繩纜構成了巧妙的屏障，這一絕佳的窺視地點價值一枚銀幣——劇院的雜工將她帶進來，見證了密會的全程。

她不需要聽，只需要看。唇語是一門特殊的技巧，偶爾會非常管用。

以撒尊貴優越的姿態、外交官詹金斯的必恭必敬，加上一路以來的觀察，她大致猜出了以撒的眞實身分，微微蹙起了眉。

情況有些出乎預料，這位先生……可眞是個不小的麻煩！

宵禁後的帝都猶如一座空城。

巡邏的士兵偶爾走過，昏黃的路燈映著空蕩蕩的街面，白日的喧囂轉換爲寂落，夜神統禦了世界。

從帝國大道向右行至中央公園某一側，是曾經門庭若市的林氏公爵府。它靜靜地聳立在夜幕中，隱約呈現出崢嶸巨大的暗影。

撬開花園後門一把鏽跡斑斑的鎖，裡面是一片破敗的荒蕪。偌大的庭院落滿枯葉，瘋長的綠草沒過石徑，大簇薔薇無人修剪，凌亂地肆意盛開。

殘破的牆頭上野鳥在咕咕啼鳴，純白的薔薇帶著夜境的氣息，彷彿出自遙遠的夢境。

她輕輕摘下一朵，聞著熟悉的芬芳。花落在指上，微涼，她凝望了許久，將薔薇別在襟釦，走近寂靜的宅邸。

沿著生滿野藤的小路踏入迴廊，濃重的夜色讓眼睛徹底失去了作用，她也不需要照明，黑暗猶如一件安全的外衣，讓她得以從容地憑弔往昔。

當年她在報紙上讀到林公爵府被暴動的民眾洗劫一空，險些被舉火焚燒，後來不知爲什麼又保留下來，空置至今。

輝煌的公爵府所有家具已蕩然無存，胡桃木門拆成碎片，連嵌在壁上的畫像都不復存在，只餘空落落的骨架，像一個過氣的貴族，只剩下狼狽寂寥。地上沒有任何破碎的雜物，或許是一切被貧民掠走，除了厚重的灰塵，整間宅邸異常乾淨。

這座府邸的主人結下了無數仇恨，建築能倖存下來，已是奇蹟！

她在三樓的一間房外停下腳步。門板早已不復存在，空曠的房間一覽無遺，銀色的月光從窗口映入，像一方冰冷的絲緞。

這是父親的書房，她一直想逃避的地方，每次被召喚到這，總是要面對一個又一個命令。

沒有關懷、沒有微笑、沒有半點溫情，除了名義上的存在，她從未感覺到父親這兩個字所代表的情感。

她不知道父親到底是怎麼想的，正如她永遠不明白自己對父親而言，是否具有意義。

她沒有遵循父親的指令，更不曾爲他帶來驕傲，爲什麼一貫鐵血自律的父親卻違背了原則，冒著搭上家族的危險，挽救給他帶來恥辱的女兒？

一切的謎團已無從得知答案，父親死在戰場上，作爲天生的軍人，這或許是最理想的歸宿。她也有了新的身分、新的名字，但，靈魂卻似乎依然拘禁在這裡，徘徊著無法離開。

靜默了許久，她走進書房，指尖貼著壁爐一寸一寸摸索，終於摸到一塊微突的石塊。她用力按下去，一聲微響，地面露出了一個暗格，暗格中放著一把鑰匙、一張陳舊的羊皮卷。

冰冷的鑰匙觸手光滑，比尋常尺寸略大，被銅鏽蒙上了一層暗淡的外衣，精緻的匙柄呈簡潔的薔薇花形，細碎的寶石在月光下閃爍，宛如夢境重現。

或許該感謝這裡的廢棄，讓祕密能埋藏至今。

將鑰匙放進衣袋，她還原暗格，最後環視了一眼後，離開房間，從長廊另一頭走出，殘破的樓梯在腳下發出輕響。

「誰！」

一聲厲喝突然響起，她的心猛然一跳，神經立刻緊繃起來。

「誰在那？」冰冷的男聲，在宅邸中激起了空蕩的回音。

她保持沉默，加快步伐奔過長長的樓梯，衝到二樓時，突然被人扣住了手臂，她甚至沒有聽見接近的腳步聲。

面對陌生而可怕的敵人，她心頭電轉，以全力掙開了箝制，縱身躍向陳舊的窗戶。匡啷一聲破碎的脆響，一道纖細的影子從二樓翻墜而下，落進荒頹的花園，在地上滾了幾圈消去衝力後，起身奔過小徑，瞬息消失在夜幕中。

兩秒鐘後，一群全副武裝的士兵衝進廢邸，憑著手提式晶燈，冒著冷汗的近衛官威廉看到了完好無恙的上司。

「大人，您還好嗎？剛才是不是有人闖入？」

燈光映亮碎裂的長窗，也映出了一道修長的身影。

帝國最高執政官沒有回答，佇立良久，俯身拾起一朵掉落的白色薔薇。

半晌，他低啞地開口：「立即通知警衛隊徹底搜查鄰近區域，用盡一切方法找出入侵者，發現了什麼，立即報告，別傷害她！」

佇立在公爵府的執政官不會想到，下意識脫口而出的一道命令，幾乎讓某個人陷入了絕境。

夜幕被燈火逼退，一寸寸讓人無所遁形，寂靜如死的黑夜，被密集有序的搜查打破。數百名士兵封鎖了街區，所有旅店被一一盤查，入住者逐一核對身分，凡有嫌疑的一律羈押。

她回不了旅店，更可怕的是，天色將曉。

以為深夜靜謐無人，她將晶石鏡片留在旅店房間，卻與行囊一道被查抄的士兵帶走，讓她陷入了進退兩難的困局。隨著天亮，緋紅的眼睛會徹底暴露，沙珊的魔女現身帝都，會有什麼下場，不言自明。

廢邸中的男人是誰？為什麼會導致如此嚴密的搜索？她已經無暇思考，此刻最急迫的是要找到安全的藏身之地，取回鏡片。

半夜忽然而起的喧鬧與搜查讓以撒中斷了睡眠，拉斐爾打探了一下，原因不明，但顯然與己無關。

喧吵逐漸平息，以撒已了無睡意，正要開燈，忽然停住，手探至枕下，握住了暗藏的槍。

通往陽台的落地長窗上多了一道影子，被窗外零星的燈光映得時淺時深。以撒扣著槍等待，冷銳的目光靜靜地觀察。

影子一動，彷彿要拉開窗扉又停住了，繼而傳來女人的輕語：「以撒閣下，抱歉深夜冒昧來訪，請相信我並無惡意。」

動人的聲音有點耳熟，以撒一時想不起屬於誰，微一思忖，披了件外套擋住槍，起身按亮晶燈。

「假如眞如妳所說，那麼請進。」

窗扉開了，夜風隨之湧入，一個纖細的身影隨著紛揚的簾幕走入。以撒凝神注視，直至晶燈照亮了一雙緋紅色的眼眸。

「奧薇!?」

驚詫至極，以撒心思電轉，剎那間極度戒備，俊朗的臉龐卻露出了笑，「眞令我驚喜，竟然是親愛的奧薇！」

奧薇反手關上窗，微笑以對，「請原諒我不請自來。」

「妳怎麼來到帝都？」以撒目光閃了閃，語氣輕鬆如常，「我是說……妳的眼睛，難道一路上遇到的全是瞎子？」

「用了一點巧妙的方法，說穿了一文不值。」奧薇倚著長窗，姿態自然，「或許您更感興趣的是，我爲何冒險來帝都？」

「我的確十分好奇。」以撒莞爾，似不經意地微側，槍已暗地瞄準了那道纖影。

「當然是爲了您。」奧薇大方地坦白，甚至嘆了口氣，「若不是爲了以撒閣下，我怎麼會離開沙珊？這種冒險的行徑，簡直等於送死！」

「我？」以撒故作訝然地一笑，殺意瀰散心頭，「難道奧薇是爲了保護我？」

「我眞希望是這樣。」奧薇聳聳肩，語氣輕謔，「可惜上天的安排總與人意願相悖。容我直言，我接受的命令是殺掉您——假如您決定拋棄沙珊。」

以撒望著她，半晌點了點頭，「那可眞是遺憾！林公爵竟然捨得派出妳。」

「是我自己的請求。」她微微一笑，像全然不知已命在旦夕，「一聽說您到帝都，我就明白，沙珊很快要完了！」

以撒停了一下，彷彿在思考她話中的含義。

「活著畢竟是件好事，我還年輕，並不想與林氏一起毀滅。」惋惜的語聲一轉，她終於表明來意，「不知以撒閣下是否還願意接受我的效忠？」

這是眞正的意外，以撒怔住了。

儘管曾經有過收服她的念頭，但數年前他已經放棄這一幻想。奧薇對林氏的忠誠無可動搖，又因實力而倍受器重，幾乎不可能讓她更換主人。

此刻她親口道出請求，以撒不由得疑惑重重，再度仔細打量。

許久未見，她依然美麗，長髮編成了一條粗辮，身姿輕盈靈巧，神態鎮定從容，似乎沒有任何疑點。

以撒突然發現她的衣袖上有幾道裂痕，靈光一閃，「剛才搜查的目標是妳？」

這男人極其敏銳！

奧薇心底的警惕更深了一層，臉上卻神色不動，「您猜對了！是一點小意外，一時不察，驚動了某位長官。」

「親愛的奧薇，我得說，妳太不小心了！」以撒頓時明白了幾分，姿態閒適而優越，「聽說過那些無稽的傳言嗎？假如被人發現，這雙漂亮的眼睛足以令妳上火刑柱，活活燒死的滋味可不怎麼妙啊！」

「確實如此。」奧薇贊同，流露出一絲無奈，「幸好您是一位高貴的紳士，或許願意伸出援手。」

以撒一派置身事外，「畢竟我是異國人，儘管同情，但能做的有限。」

奧薇委婉道：「假如您覺得我對您而言還稍有可用之處……」

「妳的能力非常令人心動，」以撒有技巧地回答，「可我懷疑妳的效忠是否僅僅來自於眼前的壓力，一旦危機逝去，便會轉瞬消失，忠誠於前一位主人。」

「您多慮了！沙珊陷落在即，紅眸也難以見容於西爾，只有一位睿智強大的貴族，才能庇護我逃過未來的死刑。」她的話語聽起來十分眞誠，「既然不想死，爲什麼我會欺騙唯一能救我的人？」

「不怕我把妳交給執政府？他們一定會很高興。」

「與其把我交給執政府，不如由您來決定爲他們提供哪些情報。」奧薇平靜地陳述，

「我知道沙珊的軍隊分佈、防線弱點、火器數量、攻守佈置，甚至所有將領的姓名、職務、作戰風格，即使您在沙珊伏有密諜，恐怕也不如我瞭解透徹。」

以撒確實心動，表面上卻依然矜淡，「妳對林晰的忠誠僅只如此？或許有一天也會同樣乾脆地出賣我。」

「您不必擔心，」奧薇莞爾，「對您這樣地位非凡的貴族，我怎麼會做出自絕生路的愚蠢舉動？」

「地位非凡？」以撒笑容更深了。

奧薇唇角輕抿，「能主導與執政府談判的重任，足見您身分尊貴。」

以撒挑挑眉，轉了個話題：「告訴我，剛才發生了什麼事？」

「我與林氏的密諜會面，不巧撞上夜巡的人，似乎是個地位頗高的傢伙，導致了一連串的麻煩。」

「那個密諜呢？」

「失足掉進河裡，恐怕已經去了另一個世界。」

「妳做的？」

奧薇淺笑不語，以撒視為默認，輕鄙又多了一層，卻也放下心來。

林晰是他的對手，但不代表他會喜歡賣主求榮的叛徒。這勢利的女人是一枚送上門的棋子，他不介意隨手利用，待沙珊事了再賣給執政府。

這才是最適合叛徒的下場！

30 舞會

纖細的指尖在眼上輕輕一掠，緋紅的眼瞳已成了深褐。

以撒禁不住讚嘆：「索倫公爵相當大方，竟然給了妳如此珍奇的祕寶！」

「多謝您幫我尋回。」幸好沒人知道鏡片的用途，拉斐爾用一點賄賂，便弄回了她的行囊。

「為何在沙珊沒見妳用過？」

她隨口解釋：「戴久了眼睛會疼。」

這不過是託辭，真正原因是她給自己留了一條高明的後路，萬不得已時，能喬裝脫身。

以撒心中雪亮，並不點破，微謔的目光掠過她秀美的臉。掩掉眸色，確實沒人會把她跟魔女聯想在一起！

「妳在沙珊做得很出色，但謠言有些不利，弄到整個西爾要燒死妳。」

奧薇側頭淡淡一笑，「幸好您不是西爾人。」

以撒低笑出來，語氣難測：「親愛的奧薇，妳是個奇怪的女人！有時我真懷疑，妳的神經是什麼做的？」

奧薇禮貌敷衍：「不管是什麼，都對您的仁慈心存感激。」

以撒似笑非笑地望了她一眼，「既然如此感激，不如今晚用身體來取悅我？」

長睫眨了一下，彷彿僅僅是聽到一個用餐邀請，「我想那並不是您的願望。」

「為什麼？」以撒勾過她一縷長髮，慢條斯理地把玩，「妳不知道自己有多誘人，男人很容易對妳產生慾望。」

因為你不是放任自己被低級慾望驅使的人，野心讓你追逐更多，目標更高，自律更強！

但，這些話奧薇不可能說出，只能避重就輕地道：「我想我對大人的價值不在這方面。」

「妳提供的情報讓我很滿意，因此更覺惋惜，那時我真該用點手段，讓妳一開始就成為我的人。」以撒問出一個存在已久的疑惑：「當年我和林晰同時遇見妳，為什麼妳會選擇他？」

奧薇輕淺地帶過：「拉斐爾先生曾經陷害過艾利，這讓我對您心存疑慮。」

僅僅如此？以撒不置一詞。

一層層的迷霧縈繞在她身上，她的出身來歷、她的聰慧機敏、她非凡的軍事才能，無一不令人難解。在他所遇的無數人中，沒有一個女人比她更複雜、更難以看透，著實令他……興致盎然！

純白的薔薇盛放在書桌上的水晶花瓶中。

洗去灰塵，柔嫩的花瓣顯出了些微壓過的傷痕，儘管略略折損了美麗，香氣卻依然芬芳。

踏進來的司法大臣秦洛第一眼看見，皺起了眉，「聽說你連夜調動軍隊搜檢帝都，究竟是怎麼回事？」

「洛，」修納語氣是罕見的欣悅，眼中跳躍著希冀的光芒，「我懷疑伊蘭還活著！」

「這不可能！」秦洛斬釘截鐵地道。

修納簡單地敘述了一遍當夜的情況，「她的骨骼非常纖細，絕對是個女人。威廉查了留下的足跡，證實她對路徑非常熟悉，直接進入了公爵的書房。」

「這無法證明什麼。」秦洛沉默了一陣，轉為責備修納輕率的行為：「你竟然半夜一個人進入廢邸？太冒險了！假如碰上刺客埋伏怎麼辦？我已經警告威廉，絕不允許再有這種事發生。」

修納聽而不聞，續道：「或許公爵動了什麼手腳，讓她逃過了死刑？」

秦洛極想撬開他的腦子，看看是否還有理智可言，「你以為監刑官是傻瓜？他們都由維肯親自指派，經驗豐富，絕不可能被蒙蔽！」

「也許公爵找了替身……」他知道這很荒誕，但仍禁不住幻想。

秦洛忍住暴跳的衝動，按了按額角，一字一句地反駁：「什麼樣的替身能和她長得一模一樣，又忠誠到能挨過六個月的酷刑？」

「或許她受了刑，卻沒有死？」修納的目光掠過案上的薔薇，哀痛而柔軟，「我知道，昨夜一定是她！」

秦洛一口否定：「絕對不可能！」

「洛，你不希望她活著嗎？」

「我不希望你抱著愚蠢而不切實際的期盼，費盡心思去找一個死人！」

修納無視勸誡，固執己見地道：「我說過，我能肯定是她。」

冥頑不靈的修納氣得秦洛七竅生煙，「就算她躲過死刑，告訴我，一個被挖掉雙眼的人，怎樣才能進入成爲廢墟的公爵府，準確地到達書房，而後又從你手上逃脫？」

修納的臉龐剎那間消失了神情，變成駭人的蒼白。

自知衝動失言，秦洛閉上了嘴。

氣氛僵硬了很久，修納似乎有些發抖，「你說她……她的眼睛……」

秦洛心知無法再隱瞞，乾巴巴地坦白道：「被挖掉了，在刑訊的最後兩個月。」沒說出口的是，清澈的綠眼睛被泡在水晶瓶裡，成爲班奈特法官的祕密收藏之一。

良久，秦洛嘆了一口氣，「受刑記錄被我燒了，當年那些人受到了絕對公平的懲罰，其餘的，我一個字也不會說，你想知道，在我腦子裡挖吧！」

頎長的身形搖晃了一下，神色極其可怕。

「我不想看你一再被過去的事折磨……」秦洛停了半晌，語氣苦澀而無奈，「她已經死了，真的！」

踏入詹金斯安排的祕密別墅，一群侍女恭敬地迎接。

以撒將奧薇推過去，揚聲吩咐：「好好裝扮這位小姐，她今晚會是男爵的女伴。」

「以撒閣下，我不明白您的意思。」奧薇輕蹙起眉。

「聽話，親愛的奧薇。」以撒貌似親切，輕謔的話語卻毫無轉圜的餘地，「妳是個聰明的女孩，應該明白我爲什麼把妳留在身邊。」

奧薇沒有再說，隨侍女走進了房間。

以撒進入另一間臥室，從整櫃禮服中挑了一套換上，里茲外交大使詹金斯隨侍一旁。

熟練地打著領結，以撒隨口詢問：「奧薇怎樣了？」

詹金斯聽完侍女稟報，如實回答：「她似乎不習慣由人服侍入浴，把侍女都趕出來了。」

以撒的手停了一下，勾起一抹邪惡的笑。

詹金斯遲疑片刻，出言勸告：「閣下，我認爲她畢竟是個低賤粗魯的女人，不適合上流社會的場合，或許會讓人對您的身分產生懷疑。不如我去另找幾位……」

「謝謝你的提醒。」以撒漫不經心地敷衍，「我記得這棟別墅有密道可以監視多個房間，對嗎？」

「是的，閣下。」詹金斯明白了幾分，卻難以置信，「您是想……」

「親愛的詹金斯，這還用問？」以撒曖昧地牽了牽唇角，無賴得十分坦然，「當然是偷窺！」

爲什麼無比尊貴的以撒閣下，要去偷窺一個隨時可以拖上床陪寢的侍女？秉持紳士的原則，里茲外交大臣詹金斯無言地引路，對身後這位高貴人士的特殊愛好，委實無法理解。

貼著華美牆紙的牆壁上裝飾著一個野牛顱骨，白森森的骨頭表面粗糙，空空的眼洞投下陰影，巧妙地遮去了一雙窺視的眼。

素雅的房間擺著一個浴桶，盛滿了清澈的溫水，一旁的圓桌上放著象牙梳、橄欖油和香膏。

以上好的香木製成浴桶浸浴，這是貴族才有的享受，這間別墅的條件可謂優厚，但沐浴的人似乎沒有享受的興致，簡單地清洗完就踏出浴桶。

赤裸的肌膚像新鮮的牛奶，帶著瑩潤的柔光，長長的黑髮貼在頸上，露出了形狀美好的額，晶瑩的水珠順著優美的曲線滑落，猶如濕淋淋的水妖，勾起最原始的誘惑。

窺視的目光肆意打量，欣賞著天鵝般修長的頸、嬌柔的肩、細巧的鎖骨，漸漸下移。她微微側身，玉一般的手繞過頸項擦拭長髮，無意中流露出撩人的體態……放肆的眼神越來越熾熱，一寸寸瀏覽誘人的胴體，忽然定在瑩白的背上，久久不動。

很快地，奧薇擦乾身體，穿上絲質內裙，搖鈴召喚侍女。

以撒依然在觀察，看她換上禮服，從一堆珠寶中挑出符合身分又不張揚的首飾，恰如其分地裝扮。高雅的衣飾彷彿除去了僞裝，讓一種與眾不同的精緻徹底顯露出來。

很久以前，以撒已察覺她身上有一種獨特的氣質，舉手投足的優雅似乎與生俱來，更有一種從骨子裡透出的清冷矜貴、處變不驚，彷彿遊離於世事之外。

那是眞正的貴族才有的神態，來自優渥的環境與嚴格的教養。

她，究竟是誰？

執政府四週年的慶祝酒會，吸引了眾多名流。

一年一度的酒會可是檢證身分的最好證明，帝都的貴婦淑媛不惜一擲千金，訂購炫麗的華服。

一輛又一輛馬車在帝國大禮堂外停駐，走下身分尊貴的賓客，司禮官忙於通報一個又一個顯赫的姓氏與職務。

悠揚的樂曲迴蕩在巴洛克風格的禮堂中，昂貴奢華的裘皮、閃耀光芒的鑽飾金錶，珍罕的異國香露氣息從髮髻與裙襬上散出。

男士們三三兩兩地聚在一起，精緻的外套上別著鑽石襟釦，開著意韻深長的玩笑；女士們炫示珠寶，交換著八卦，以曼妙的眼波物色下一任情人。

直到宴會過半，以撒才來到會場。哈威男爵這個捏造的名字沒有引起任何懷疑，一些貴婦以挑逗的微笑打量這位陌生的英俊青年，以及他身邊的漂亮舞伴。

以撒噙著淺笑，對每一道視線點頭，微揚的姿態，帶著貴族式的矜傲，大方瀟灑，完全不像一個混入盛宴的冒牌貨。

被他挽在臂彎中的奧薇不著痕跡地掃視，不意外地發現了一些熟悉的面孔——洛哈德伯爵、弗朗索瓦子爵、傑克遜侯爵、芬蒂夫人、夏奈……

發現了曾經的朋友，她的目光停了一秒。

昔日在憲政司抑鬱困頓的夏奈上校，成了一個養尊處優的中年人，身材已有些發福，正端著紅酒，與身邊的伯爵談笑自如，神態悠然，想必仕途十分得意。

她看了片刻後，移開視線，握在腰上的手卻突然一緊。

以撒低頭看著她，「陪我跳舞。」

奧薇不想跳舞，但沒有選擇的餘地，只能任他牽入舞池，隨著樂曲而動。

俊朗出眾的青年，年輕貌美的女郎，這一對出色的璧人相當醒目。

淡紫色的長裙襯得奧薇身段極美，一串圓潤的珍珠項鏈環在項上，更顯肌膚瑩白嬌嫩。腰肢纖細，紗裙飛揚，曼妙的舞步輕盈如人魚。

以撒攬住奧薇的細腰，毫不費力地帶著她旋轉，舞姿華麗而優雅。

璀璨的燈光下，他俊逸的臉龐有一種迷人的魅惑，忽然在她耳畔低聲問：「喜歡嗎？」

奧薇沒有說話，回以淡笑。

以撒輕笑，牽著她轉了一圈，「親愛的奧薇，究竟什麼才能滿足妳？」

華美的衣裙、昂貴的首飾、英俊的男伴、浪漫的音樂、衣香鬢影的舞會、令人迷醉的奢華……這些沒有一樣能令她稍稍動容。

輕揚的唇角隱著邪佞，以撒語氣宛如輕哄：「告訴我，妳想要什麼？」

長長的眼睫眨了一下，居然真的給了回答：「我想要一幢玫瑰色的房子，覆著深色的屋瓦，屋頂上落滿白鴿，視窗盛開著天竺葵，每一個房間都有壁爐，冬天的夜晚從不熄滅。」

以撒怔了一下，「聽起來不難實現。」

奧薇笑了笑，「對我而言卻是奢望。」

「妳只想要這個？」

舞曲輕揚，她跳完一個小節才道：「沒錯。」

以撒根本不信，隨口打趣：「屋子裡還有誰？妳的愛人？」

她輕笑出聲，半晌才道：「只有我。」

他斂起笑，打量她的神色，「不換個實際點的願望？」

奧薇想了想，從善如流：「那麼就這串珍珠項鏈，假如您願意。」

垂眸看了看，以撒點頭，「眼光不錯，它很襯妳。」

一曲終了，以撒剛好旋至舞廳北角，鬆開奧薇的手，他對長沙發內正與女伴調情的男人彬彬有禮地鞠躬，「羅曼閣下，我代詹金斯向您問好。」

羅曼大臣臉色大變，望了望左右，把以撒帶入一間空著的休息室，心神不寧地拉上窗簾，「你……」

「請叫我以撒。」以撒的姿態十分閒適，慢條斯理地整理襟釦，「我是詹金斯的同僚，抱歉，見您一面太難了，不得已只好用了這種方法。」

「我跟詹金斯說過，現在不是好時機，」羅曼眼神游移，倨傲而強硬，「你完全不必多此一舉。」

以撒一哂，「恰恰相反，現在正是執政府最需要朋友的時候，我們很願意提供力所能及的幫助。」

羅曼嗤笑出聲：「你們能做什麼？執政官閣下剛剛發出通告，督促林氏交出維肯公爵及一派舊貴族，全族無條件投降，否則他將立即親征，鏟平行省的一草一木！」

修納親征？這一點出人意料。

以撒心念電轉，「假如里茲全力支持沙珊，戰爭的時間會比修納閣下預想的更長，爲什麼不在最短時間以最小代價結束這一切？儘管我們過去對彼此懷有誤解，將來卻可以成爲朋友，把潛在的朋友定義爲敵人，貴國這一作法異常令人惋惜。」

羅曼不耐地扯了扯領結，「你說的很誘人，但他們不可能同意以新能源交換。」

「您大可放心，爲了彌補先前一些魯莽的、造成兩國關係惡化的錯誤，我們願意以無比的誠意重塑友誼。」以撒不動聲色地增加了籌碼，「除了中止對沙珊行省的援助、支持執政府統一西爾全境之外，里茲願以重金購買新能源技術。」

突如其來的轉折令羅曼大臣極爲驚訝，「重金？你們準備付出多少？」

「這一點必須當面與執政官閣下商討。」以撒從容不迫地微笑，「您只需要把這項提議向執政官閣下轉達，適當地代爲引見。」

羅曼心動中有一絲猶豫，「但那位閣下似乎對與貴國交易相當反感。」

「修納閣下是一位睿智英明的領袖，我相信他在全面審時度勢之後，一定會改變某些想法。」以撒胸有成竹，進一步抛出引誘，「當然，這有賴於羅曼閣下的幫助，里茲不會忘記感謝給我們帶來友誼之人。」

羅曼思考良久，「你有足夠的權力作出官方承諾？你到底是……」

「我有足夠的資格代表里茲皇帝陛下，稍後您可以直接宣召詹金斯。」以撒清楚他已經說服了對方，也清楚何時該結束談話，優雅地微一鞠躬，「羅曼閣下，我期待您的好消息。」

羅曼終於下定了決心，「假如里茲確有這樣的誠意，我很樂意協助。」

以撒離開後，奧薇獨自面對一波又一波跳舞的邀請，回絕數次之後，她步入冷清的陽台，終於獲得了清靜。

獨自佇立了一陣，猜測以撒的密談差不多該結束，奧薇正待走回，卻被花園中的一道身影吸引住了視線。

那是一個英挺沉冷的男人，輪廓異樣的俊美，卻不予人柔和可親之感，眉目似乎隔著一層薄冰，猶如一尊晶石雕成的神祇，令人望而生畏。

奧薇上半身不自覺地傾出扶欄，緊緊盯住那一張非凡的面孔。在覺察到自己究竟想做什麼之前，她已經離開陽台，奔向樓下的花園。

心在狂跳，血液上湧，長長的裙襬隨著步履飄蕩，彷彿要飛起來。她忘了自己的處境，忘了所有理智，想再看一看那個人。

奔下樓梯，衝過迴廊，她按記憶的位置追去，卻已不見那人蹤影。盲目地抓住侍者詢問，得不到確切的回答，她只能一遍又一遍地在樹籬間徘徊。

寂靜的花園只有銀色夜燈的映照，彷彿前一刻的影子完全出自幻覺。

張惶無措間，奧薇顧不得路，高跟鞋陷入石板的裂隙，瞬間扭傷了腳踝。尖銳的痛楚和失望一起襲來，逼出了滿眶的淚，她再也無法控制情緒，跌坐在石階上，摀住了眼。

音樂輕柔悅耳，舞會的喧鬧聲變得更大，她卻在一隅無法自制地落淚。

她在找什麼？

怎麼會這樣愚蠢？

一切早在十年前就已結束，她爲什麼還會如此失控？

潮水般的酸楚漫湧心頭，她的喉嚨窒痛得難以呼吸。

忽然，一雙男人的手扣住她的腕，強制地移開覆在她臉上的手。淚光中，她看到了以撒，他沉默地凝視她，俊朗的臉龐毫無表情。

剎那間回到了現實，她勉強解釋：「抱歉，鏡片磨得眼睛有點疼。」

以撒觸了一下她的臉頰，摩挲著指尖的淚，語氣極淡地道：「侍從說妳在找一個男人，是誰？」

她怔了怔，無法回答。

他並不打算放過她，「妳爲誰而哭？」

她垂下眼睫，極力讓情緒鎮定下來，「只是一個幻影，我看錯了。」

以撒似乎笑了一下，帶著顯而易見的嘲諷，「讓妳這樣失態的，只是一個幻影？」

肩膀的顫抖已經停了，月光映著她美麗而蒼白的臉，清澈的眼睛裡殘留著來不及掩飾的哀傷，看起來迷惘而脆弱，像一個不知所措的小女孩。

一滴淚停在她微涼的頰上，彷彿一顆晶瑩的珍珠，讓以撒覺得十分刺眼。他想爲她抹去，卻又停下，最終低下頭，吻住了她柔嫩的唇。

帝國執政官與司法大臣在舞會後半場光臨，引發了氣氛的高潮，沒人注意到某位男爵已經提前離場。

回程的氣氛異常僵硬，奧薇沉默，以撒更沉默，前來迎接的詹金斯不明所以，也只能保持靜默。

這一天是帝都整年中唯一不設宵禁的夜晚，不僅執政府舉辦盛宴，民間也自發組織各處聚會。雖然時間已近午夜，街道上依然擠滿了人，馬車被堵在路口，前行極為緩慢。

擁堵的人群中有幾處引起了奧薇的警惕，觀察了片刻，她忽然開口：「我們被跟蹤了！」

以撒中斷了沉思，不著痕跡地掃視車外，氣氛頓時緊張起來。

詹金斯大使捏了一把冷汗。酒會不允許攜帶武器，因此此時他並無任何防身之物，偏偏車上這位大人物又不能有任何意外，突生的威脅，令他惴惴難安。

「看來有人想替妳完成任務。」面臨危境，以撒依然打趣，極其鎮定，「親愛的奧薇，帝都洞悉魔女身分的，並非僅有我和詹金斯，我可不希望因為我的死，連累妳被全城通緝。」

奧薇沒有立刻回答，人群中的一、兩張面孔有點眼熟，是維肯公爵伏在帝都的暗諜，想必私下接受了暗殺的命令。

她可以跳下車逃走，也可以趁勢殺掉以撒，完成任務，但如果里茲這位重要的人物死在西爾帝都……

剎那間，無數念頭轉過，她垂下睫又抬起，「就算您不以此爲要脅，我也會保護您的安全。」

刺客並沒有急於上前，只是緩慢地接近馬車，更有可能是前面的路上設有埋伏。

奧薇思忖片刻，以手勢喚過人群中行乞的孩子，低聲說了幾句。沒多久，孩子弄來一把粗壯的彈弓，興高采烈地換回了一枚銀幣。

詹金斯因緊張而臉色泛青，以撒卻饒有興趣地看著她的一舉一動。

幾名暗諜越來越近，恰好前方壅堵的車流終於鬆散，道路一暢，車夫立刻接到命令，全力揮鞭，馬車猝然狂奔起來，跟蹤者顧不得顯露痕跡，氣急敗壞地尾隨追逐。

奪路狂奔的馬車在石板路上顛簸，前方的巷內冒出七、八個人，凌亂的槍聲響起，數枚子彈嵌入了車壁，聲音令人心驚。

詹金斯雖然沒有驚叫，卻難掩驚恐，冷汗淋漓。

奧薇略一抬手，一聲痛叫劃破了夜色，接著又是一聲，兩名刺客捣眼跌倒，涔涔鮮血滲出了指縫。詹金斯這才發現她把珍珠項鏈拆開，當成了彈弓的子彈。

出奇不意的反擊將包圍撕開了裂口，車夫拚命打馬，駛出幾十米後，撞上了路障，再度被迫停下。危險的敵人越來越近，必須有人搬開路障！

奧薇咬咬牙，推開門跳下去，搬開沉重的路障。

恐懼的車夫揮鞭狂抽，馬車迅速開始滑動，以撒踢開車門，對她伸出手，厲聲喝道：「上來！」

受傷的足踝無法支持劇烈的跳躍，奧薇搖了搖頭，看著飛馳的車從身邊擦過，迅速駛遠。

狂怒的敵人，已經出現在眼前……

當詹金斯找到警備隊趕至，巷子已經恢復了平靜。幾具屍體倒在地上，其中並沒有奧薇。

她奪了一把槍，解決了大部分敵人，背靠著牆，陷入昏迷。

腰側受了傷，淡紫色的禮服浸透了鮮血，以撒親自抱起她，纖細的身體落在懷中，像一片輕盈的樹葉。

難以言喻的情緒襲上心頭，陰鬱的火焰，灼燒著以撒的靈魂。他知道自己沒有看錯，她不僅能做一個漂亮的舞伴，更是一把賞心悅目卻又鋒銳無比的刀，足以應對一切危機。

事實也正是如此，她成功地令他脫離危險，逃過了一次有預謀的暗殺。

只是，以撒忘了，奧薇是一個女人。

對從小接受貴族教育的男人而言，保護女性是一種天生的責任。可他卻用女人的鮮血來保護自己，把她柔軟的身體當成了一塊盾牌……

意識到這一事實，他感覺到空前的恥辱。

是的，恥辱！

31 審判

夜晚的低級旅店，擠滿了各式各樣的酒客。

一個身披斗蓬的女人來到櫃檯前詢問夥計，不耐煩的夥計瞥了一眼，頓時怔住了，被催了一句才醒悟過來，手忙腳亂地翻開登記冊，報出了房號。

女人順著樓梯上了二樓，夥計望著她的背影，嚥了下口水，對面前的酒客抱怨：「這麼漂亮的女人竟然是妓女，便宜那老傢伙了！等她完事之後，我一定要問問價錢。」

醉得語無倫次的酒客只會高聲叫酒，夥計又望了二樓一眼，不甘心地搖了搖頭。

奧薇當然不知道身後的對話，她在約定的房間前敲了敲門。門開了，現出鍾斯粗獷的臉，凶悍的外表足以令人退避三舍，奧薇看了卻只覺親切。

「你好，中尉。」

鍾斯習慣性地看了看走廊，待她進入後關上門，打量一下，道出了開場白：「團長，妳的臉色很糟！」

奧薇微微一笑，「前幾天遇到了一點麻煩，很高興你能在約定的時間抵達帝都。」

「是哪裡的傢伙？」鍾斯皺了皺濃眉，拉來一把椅子。

接受了鍾斯無言的體貼，奧薇卸去斗蓬後坐下，「維肯公爵的手下，身手不錯，差一點死的是我。」

鍾斯神色變了，「他們爲什麼這麼做？」

「他們的目標是以撒，而我必須阻止。」

鍾斯清楚她此行所接受的命令，倏然警惕起來，「妳說那個里茲人？」

「鍾斯，你希望西爾與里茲全面開戰？」奧薇理解鍾斯的反應，溫和地解釋，「全面戰爭，不再是沙珊與執政府之間的衝突，而是里茲與西爾兩個大國之間的交戰。屍積如山、血流成河，剛剛穩定的西爾變得四分五裂，唯一的好處是，沙珊或許可以苟延殘喘。」

不知是由於受傷或是疲倦，奧薇有些乏力，「我知道這很奇怪，我不希望林氏毀滅，但也不希望帝國分裂。」

鍾斯雙臂環胸，毫不掩飾敵意，「我不懂妳在說什麼，這與妳背叛的行徑有關？」

奧薇淡道：「殺掉以撒，這一切就會成眞。」

鍾斯冷笑，「里茲會爲區區一個特使大動干戈？」

奧薇不在意他的態度，平靜地回答：「近期我才發現，這位特使閣下身分絕不簡單，應該是里茲的……」她低聲吐出一個詞。

鍾斯登時錯愕，不可置信，「這怎麼可能!?」

「是眞的，林晰閣下和維肯公爵並不清楚以撒眞正的身分，或許就算知道，他們也不在乎，但我想阻止事情糟到無可收拾的地步。」奧薇臉色蒼白，不易察覺地撫了一下傷口，「至於沙珊的困局，我找到了一個解決的方法，很快就會返回行省。」

鍾斯依然懷疑，「妳指什麼？」

「現在不能說，以後你一定會知道。」

鍾斯罕見地猶疑了。

或許因爲年輕漂亮又足夠強悍的女人過於少見，他總會聯想起某個早逝的下屬，但，這些時日的並肩作戰，讓他生出深深的欽佩。

她的智慧膽略超乎尋常，忠誠與堅定更無可置疑，儘管此刻她明顯背叛了林公爵的意願，他依然難以決定是否該將她視爲敵人。

「鍾斯，我把我的母親和哥哥託付給你，假如你發現這一切是謊言，可以殺了他們。」奧薇不再辯解，道出一個讓人匪夷所思的提議，「反之，如果我所說的是事實，你必須替我保護他們，讓他們遠離任何傷害。」

這荒唐而離奇的提議，令鍾斯一時怔住了。

「他們目前正在拉法城外的某個村子裡生活，處於林晰的勢力之下。前幾天的事情恐怕已經傳回行省，我現在無法趕回沙珊，擔心林晰會因誤解而對他們下手。」奧薇凝視著鍾斯，誠懇請求，「我知道你有懷疑，不用立刻判斷，請把他們帶到安全的地方照料，等待最終的消息傳來，再決定要怎樣做。」

或許這是叛徒的託詞，或許是另一個陷阱，鍾斯的理智在懷疑，另一面卻開始動搖。

「他們對我的作爲一無所知，必要的話，你可以強制行動，稍後再說服，一定要確保他們的安全。」

奧薇在心底嘆息，假如莎拉知道她就是惡名昭著的魔女，恐怕會驚駭得昏過去。

在頻頻往來的信件安撫和巧妙的誤導下，他們一直以爲她僅是芙蕾娜的侍女，凶惡的紅眼魔女則另有其人，甚至一再在信中叮囑她小心遠離，不要被魔女牽累。

鍾斯又一次愕然。沙珊魔女的傳聞早已流遍帝國，她卻讓親人一無所知？

「妳是說，他們毫不知情？」

「我不想讓媽媽和艾利驚恐擔憂，等見過你就會知道，他們是多麼善良的好人。」奧薇遞過一個沉甸甸的錢袋，「帶上這些錢，預防萬一，裡面還有一封給艾利的信。我必須去做另一些事，中尉，請用你的經驗和力量保護他們，你是我唯一能信任的人。」

思索良久，鍾斯接過錢袋，眉毛抽動了一下，語氣粗悍地警告：「假如妳所說的一切屬實，我會以性命保護妳的親人。但如果是背叛者的謊言，我也不介意當劊子手！」

鍾斯選擇了暫時信任，奧薇終於放下心，釋然地微笑，「我很高興，謝謝。」

披上斗蓬，回到別墅，奧薇像離開時那樣，無聲無息地潛回房間。

開門的刹那，她心一沉——

門口朦朧映入的光線照出了房內的影子，窗邊的沙發上有一個人！

情況糟到不能再糟，但依然得面對，奧薇停了一刻，按亮了燈。

以撒的臉龐清晰起來，神色陰鬱，眼神晦暗難測，「妳去哪了？」

腰際的疼痛變得更劇烈，她倚在桌邊，說著彼此皆知的謊言：「隨便走走，屋子裡有點悶。」

以撒毫無笑意地扯了扯唇角，「我必須提醒妳，有些遊戲並不好玩，尤其是妳的性命還控制在別人手中。」

「請原諒，我應該事先向您報告。」

以撒顯出冰冷的怒意，「報告？我很懷疑妳是否清楚妳現在效忠的對象是誰。」

面對以撒少有的情緒化反應，奧薇有點意外，一時不知道該如何應對，唯有保持沉默。

場面僵峙了許久，以撒冷聲道：「沒什麼要對我坦白的？」

奧薇思考了一秒鐘，「沒有。」

以撒眉梢一跳，無名的怒火更盛，語氣反而異常平靜：「既然妳已經恢復到可以自行其事的地步，不妨去做點正事。」

毫無疑問，這是懲罰！

奧薇在心底嘆息了一聲：「請吩咐。」

「帝都西街有一幢官邸，」這項任務原本打算安排他人完成，以撒忽然改變了主意，

「我會安排妳混進去做女傭。那裡經常有高官出入，妳的任務是記下出入者的名字和訪問次數，一個月後，我會把妳弄出來。作爲執政府與沙珊的雙重敵人，或許妳在裡面能稍稍安分一點，想清楚妳該對誰忠誠。」

她很清楚去官邸做間諜有怎樣的風險，但以撒顯然不會管這些。

目光閃了一下，奧薇淡淡地道：「遵命！閣下。」

以撒面孔繃得更緊，沉默了半晌，突然起身離去。

奧薇熄了燈，藉著窗簾的縫隙觀察，不意外地發現了隱伏在暗處的守衛。

以撒是個非常謹慎的人，一直不曾給予她信任，在她身邊布下了重重監視。她本以爲受傷會讓對方輕忽懈怠，可以趁夜避過眼線，密會鍾斯，沒想到仍被以撒撞破。

這次的事件大概激怒了他，幸好對他而言，她還有部分利用價值，暫時沒有性命之憂。麻煩的是對方提高了警覺，想必進入官邸之前，她不會再有任何逃走的機會。

收回視線，解開外衣，裂開的傷口染得繃帶一片鮮紅。她默不作聲地換藥包紮，眸子不經意一掠，發現床邊矮櫃上多了一件東西。

一串碩大的珍珠項鏈擱在深色漆櫃上，瑩亮的柔光十分悅目，比酒會當夜拆成子彈的那一串更貴重得多。

她有一絲驚訝，拎起來端詳片刻，隨手扔到一邊，靠上軟枕，沉沉睡去。

砰一聲，一桶馬鈴薯被扔到眼前，奧薇彎下腰，按照廚娘的指示去皮。

這是一幢年代稍久的宅邸，面積不算龐大，但格局雅致，裝飾風格簡潔高貴，一派軍人的俐落。這裡的一草一木還是從前的模樣，主人卻已經從穆法中將換成了修納執政官，年輕的帝國領袖摒棄了皇宮和諸多奢華的豪邸，低調得令人驚訝。

她沒想到以撒能把暗諜塞進修納的官邸，本想等傷口稍稍癒合便設法逃離，但現在似乎已成幻想，戒備森嚴的府邸內外時刻有成群士兵巡邏——這大概正是以撒的用意之一，把她扔進這裡，確實比在別墅更容易控制。

官邸規矩嚴謹，她只能待在廚役區，幸好一應侍女晚間都在僕役房休息，閒談的話題多半是官邸裡的各色訪客，讓她輕易就能獲悉有哪些高官重臣出入。

她大概能猜出以撒想知道什麼，透過羅曼接洽之後，重點是瞭解執政府的意向，以便在談判桌上掌握更多籌碼。

這些私人時間來訪的高官，意味著帝國高層的最新動向，與會者幾人、來訪頻密與否、停留時間長短，都能透析出關鍵訊息。

不過這些訊息她不打算告知以撒，離開府邸的一刻，會是逃亡的良機，那時她的槍傷應該已接近痊癒。

幾日之間，奧薇聽聞了不少貴族祕聞，多數話題都縈繞在執政官修納身上。

這位年輕的領袖手握至高權力，是所有女人夢寐以求的伴侶，無數女人幻想用甜蜜的愛情誘惑他、俘虜他，令他將榮譽和財富獻給自己。

奧薇低頭削著馬鈴薯，輕垂的眼睫覆住了一絲微笑。

這位執政官精明縝密、凌厲而無情，讓她聯想起已逝的父親——令人畏懼的鐵血公爵。這類人天生喜好駕馭權勢，唯有事業上的輝煌能給他們帶來快慰和驕傲，感情不過是一種無聊的羈絆。修納顯然也是如此，為了避免權力掣肘，甚至乾脆地拒絕了婚姻。

寄望這樣的男人因愛情而臣服，純粹是女人荒誕天真的臆想！

沉默的傾聽很快被管事打斷，紛至遝來的繁務，令廚房變得不再適合閒聊。

今夜似乎是白天某個會議的延續，來客極多，以至於侍女們手忙腳亂，連稍稍端正的廚役都被叫入內邸幫忙。

儘管奧薇無法進入餐室，依然能在廊下聽見幾句片段的交談，酒杯與餐刀輕響之間，一句斷斷續續的話語傳入耳中——

「……執政官閣下遠征沙珊……行軍方略已經呈送到書房……」

親征？

那位傳說中的戰神要親征沙珊？

奧薇深思半晌，眼神掠向一旁的走廊。

沙珊的危機來得比預期更快，她需要瞭解這份方略，以確定執政府進攻行省的大致時間。

文件在書房，所有重要人物在用餐，守衛是一天中最鬆懈的時刻，她已身處內宅——沒有比這更好的時機！

修納幾乎不曾變動過宅邸的佈置，衛兵駐守的位置也和當年如出一轍，書房窗外的櫸樹依然茂密。

時隔多年，她又一次走上了這條捷徑。

只用了三秒，她已經置身於空無一人的書房，時間不多，她立即開始尋找。

很快地，她在桌面的一疊檔案中找到目標，匆匆瀏覽了一遍，情況比預想的更糟——三個月內，執政府將完成增兵，並強攻沙珊！

心頭驀然沉重起來，她將檔案放回原處，無意中撞翻了東西，一只絨盒滾落在綿軟的地毯上，盒蓋鬆鬆地敞開著。

奧薇俯身去拾，指尖接觸到的同時，呼吸突然停了。

「閣下，」詹金斯一反平日的沉穩，語調略顯急迫，「請原諒我的冒昧，您必須立即離開這裡！」

以撒扔下拆信刀，蹙起眉，「她暴露了身分？這不可能。」

詹金斯極其肯定地道：「絕不會錯，近衛隊當場捉住了她。」

「她幹了什麼？」

詹金斯訴說著密探傳來的消息：「她在執政官的書房偷一件飾品，正巧被近衛官撞見。」

以撒眼眸沉下來。偷飾品？簡直荒謬，那女人究竟在玩什麼把戲？

「她一定是瘋了，竟然大膽到闖進書房行竊，沒有任何間諜會如此愚蠢。」詹金斯鄙視之餘又有些慶幸，「恐怕執政府也這麼認爲，所以目前僅將她視作普通竊賊。」

以撒沉默了一刻，「把檔案燒掉，我們換一個地方，讓密探盡可能精確地探聽，我要知道所有細節。」

奧薇伸直雙腿，倚著牆壁，望著壁上的一隻螞蟻發呆。

拜近衛官所賜，腰上的傷口又裂了，她實在沒力氣越獄，只能在窒息的囚牢裡等待審訊。

拔下髮夾除掉手鐐，摘下鏡片放入懷中，奧薇撈過破碗裡硬得像石頭一樣的黑麵包慢慢咀嚼。沒有藥，她必須盡量保存體力，以免傷口發炎，引起高燒。

囚牢眞是一個充滿惡夢的地方，她的神思又開始飄忽。

如果世上眞有神靈，是否能告訴她，爲何會在書房見到熟悉的薔薇胸針？

珍珠和寶石鑲成的胸針，嬤嬤臨終前放入她的手心，凝結著她童年犯下的原罪，早已不知失落何方，卻在一刻前離奇地出現了。

她無法不恍惚，更無法分辨現實與夢境。當開門聲驚醒神智，一切已經太遲，她立即決定放棄抵抗。

就算能殺死近衛官，也無法應付被驚動的層層衛兵，進監牢等待機會，總好過當場被亂槍擊斃。至於接下來的審訊……

她衷心祈禱執政府在處理犯人的手段上，比班奈特稍有進步。

秦洛進門前，對近衛官威廉打量了一番，「首先得稱讚你，捉到了一個大膽的竊賊。」

威廉不動聲色地鞠躬，「多謝閣下的讚譽，這是職責內之事。」

「其次我必須告訴你，關於守衛不力的懲飭細則已經在我桌子上，」秦洛似笑非笑，拍了拍近衛官的肩，「建議你做好降薪的準備，但願西希莉亞不會爲此抱怨。」

威廉的笑容多了抹尷尬，揉了下鼻子，替他打開了門。

秦洛走進去，將手上的東西拋給辦公桌後的帝國執政官，「最後一顆寶石已經補上了，絕對看不出半點痕跡。」

正如秦洛所說，漆光柔亮的古董匣找不到一絲缺憾，精緻完美如初。

用了數年時間，終於找回爲籌集政變軍資而賣掉的寶石，由皇室御用工匠重新鑲嵌。修納摩挲良久，打開匣子，將險些失竊的胸針放了進去。

秦洛找了張椅子坐下，「那個女人的身分沒什麼疑問，審問也沒有異常。她有幾分姿色，從其他侍女嘴裡探聽到內宅的情況，大概夢想著能麻雀變鳳凰，爬進書房打算勾引你，順手拿了胸針。」

拉法商會捏造的身分資料相當完備，這一點，以撒相當讚賞。

「我得說是因爲你這張臉才導致此類事情一再發生，官邸的防衛又太鬆懈，這種疏忽簡直不可原諒，必須大量增加警衛。」面前的人一言不發，秦洛懷疑他究竟聽進了多少，「你認爲該施予竊賊怎樣的處罰？」

修納半晌才道：「按律法應當如何？」

「法律非常靈活。」秦洛聳聳肩，毫不介意踐踏神聖的律法誓言，縱容執政官的個人意願，「按偷竊處理，這種價值的飾物應處以絞刑；按盜竊帝國機密處置，則是裂解四肢；按間諜罪或叛國罪處罰，該上火刑柱。你比較屬意哪一種？」

修納沉默不語，這讓秦洛頗爲頭疼。

「法庭決定公開審判，時間是下午三點，屆時必須裁決。」秦洛爲了把麻煩拋回去，不惜慷慨地出借法庭，「這次換你當法官，畢竟她偷的是你的東西，一切由你決定。」

莊嚴的法庭外，擠滿了哄鬧的人群。

一個年輕大膽的女竊賊闖入了高貴執政官的府邸，這一聳動而令人興奮的消息擴散傳播，在無數張嘴裡，演繹成截然不同的故事。

有人說，竊賊來自神祕的盜賊團夥，擁有最高妙的手法，被捉住的時候，口袋裡堆滿了珠寶，偷到的東西價值連城。

又有人說，她是沙珊行省的刺客，又或是被執政官抄家的貴族之後，為刺殺復仇而來，卻被英勇的近衛官一舉擒獲。

還有人說，她根本不是賊，而是試圖色誘執政官的侍女，為執政官俊美的容貌迷惑，不惜死亡的代價。

最後一種說法流傳最廣，帝都時常有對執政官懷有狂熱愛慕的女性做出各種瘋狂之舉，無疑加深了這一可能。

好奇的人群蜂擁至法庭，塞不下的，像水一樣流洩到庭外廣場，無數人頭攢動，爭相一睹為愛情發狂的女人。

審判並未受到民眾狂熱情緒的干擾，進行得很順利，女囚犯對所有指證供認不諱，律師象徵性地辯護了幾句，公式化地請求法庭寬恕她可恥的罪行，空洞敷衍的陳詞濫調，毫無感染力。

嗡嗡的低議像蒼蠅一樣貫穿全程，女囚犯卻異常平靜，彷彿已對任何結局安然承受。她沒有血色的臉襯得整個人十分柔弱，容貌又是那樣美麗，以至如果所處環境改換成神殿，人們勢必會把她當成殉教的聖徒。

假如聽審人群中有人能如神靈般透析內心，便會發現這位聖徒小姐想的既不是審判，也不是祈禱，而是如何在行刑的路上逃走。

似乎畏罪而垂落的眼眸暗暗地觀察，不著痕跡地探視法庭外的數條通路及守衛分佈。指間的髮夾隨時可以解開鐐銬，擊倒庭衛脫身而去。

無論被安上什麼樣的罪名，這位年輕的女囚犯內心都不會有絲毫畏怯驚慌，她在靜候時機，與庭外的人群一起，等待著審判的結束。

聽審席後排長椅上坐著一個俊朗的金髮青年，與周圍的人群不同，他似乎根本不關心庭審，陰鬱的眼神，遙遙注視著女囚犯。

法庭外突然起了騷動，喧鬧的人聲壓過了庭審，法官頻頻擊打法槌提醒秩序。隨著法警失態的通報，不可侵犯的法官大人臉色變了，立刻站了起來，迎接執政官閣下的意外降臨。

人群沸騰了，所有人都伸長脖子，爭相一睹修納執政官的風采。一列威嚴的衛兵喝退門邊湧動的人群，排開一條通道，片刻後，一個修長英挺的男人來到了法庭之上。

帝國執政官的威名與榮譽已不需要任何勳章來表達，肩章是他唯一的裝飾，雙排銀釦一絲不苟地扣到喉結，一身黑衣，散發出冰冷奪人的氣勢。

沒人預想到執政官會親臨審判現場，許多女性面頰緋紅，激動得險些暈過去。法警忙於維持秩序，將昏倒的人抬出擁擠的法庭，審判變成了一場鬧劇。

儘管周邊嘈雜如鬧市，女囚犯依然低垂著頭。她一時無法判斷對方的來意，爲了防止精明的執政官看出什麼，保持著服罪的姿態是最安全的作法。

同樣冷靜的還有後排的金髮青年，他的注意力終於從女囚犯身上移開，盯住黑衣執政官，彷彿在評測一個難纏的對手。

法官盡了一切努力，終於讓喧鬧的場面平靜下來，重塑起法律威嚴莊重的形象，而後恭敬地將審判權讓渡給了執政官。

這一行動導致了長久的靜默，執政官俯首注視著女囚犯，漠然而冷峻，像看一堆毫無價值的瓦礫。他沒有開口說一個字，時間一點一點過去，極靜的肅穆中，逐漸生起嗡嗡的低議。

靜默的仲裁者終於讓女囚犯抬起頭，疑惑地望了執政官一眼。

人們驚訝地發現，她的臉頰刹那間雪白，纖細的身體顫抖起來，指尖痙攣地扣在一起，彷彿隨時可能昏過去。

審判席上的人是那樣熟悉，又是那樣陌生，她終於明白命運之神開了一個何等惡意的玩笑！

十年後面對面的相逢，他成了西爾最高執政官，代替法官裁決她的罪行；她卻戴著鐐銬，受人指點，面臨著絞架或火刑柱的嚴懲。

什麼樣的力量扭曲了命運，讓現實變得這樣可怕？

她無法移開目光，也無法控制顫慄，彷彿有什麼東西塞住喉嚨，發不出任何聲音。他冷漠的眼神充滿厭棄與憎惡，比所有惡夢更可怕。

或許發現了即將遭受的嚴懲，美麗的女囚犯異常害怕，又異常脆弱無助，以至於連最鐵石心腸的人都產生了同情，森嚴的法庭上出現了一種罕見的惋惜憐憫的氣氛。

在越來越大的議論聲中，執政官終於開口，低冷的聲音沒有任何感情：「我赦免妳的罪行，僅此一次。」

說完，他沒有再看一眼，立即離開了法庭。

瞠目結舌的人群鴉雀無聲，繼而譁然轟動，每一張臉都興奮至極，充滿了難以置信。審判結果傳到了庭外，人們交相稱讚執政官的仁慈。

或許是死裡逃生的喜悅，又或是突然獲釋的解脫，被法警解開鐐銬後，女囚犯環住肩膀，慢慢地蹲下去，不可遏制地顫抖著，像一片被嚴寒襲擊的樹葉。

「我簡直不敢相信，」威廉一次又一次搖頭，全然無法接受，「大人居然放了她，這怎麼可能？那女人差點偷了他最珍視的東西，他竟然給了赦免!?」

秦洛舒適地倚在沙發中，一點也不意外，「你對修納的瞭解還差得遠！」

威廉依然在糾結，「這怎麼可能……」

「正因為她偷的是那件東西，才會是這種結果。」翻著最新的報紙，秦洛望著大肆吹捧執政官高貴仁慈的文章發笑。

「難道您早就知道大人會作出這種決定，才讓他親自前往法庭？」

秦洛聳聳肩，顯得無辜而誠懇，「反正不論作什麼判決他都會不滿，不如讓他自己決定。」

「為什麼會不滿？難道她不該受到嚴懲？」威廉越來越迷惑。

「當然應該，修納心裡比任何人更想把她撕成碎片！」秦洛懶懶道，慢條斯理地將報紙翻到下一頁，「只不過他沒法那麼做，那個女人……我是說胸針的主人，控制著他的決定。」

「她不是已經死了？」

「是死了，但她依然足以影響修納。」秦洛有一絲嘆息，「她不希望胸針染上任何人的血，即使這人是個卑鄙無恥的賊，他絕不會違背她的意願。」

威廉怔了半晌，不甘心地喃喃道：「所以才有特赦？那個賊真是撞上好運了！」

秦洛挑了挑眉，不無戲謔地提醒：「親愛的威廉，她的好運等於你的厄運，如果我沒猜錯，接下來的幾天修納會心情很糟，你最好……小心一點！」

帝都的神殿高壯而空曠。

穹頂和門廊天花板覆著鍍金銅瓦，繪著壯麗非凡的壁畫。穹頂正中有一方圓窗，絲絲縷縷的光線落在殿堂正中的祭台上，瀰漫著神聖而靜穆的氣息。

後方的長椅上坐著一個失魂落魄的女人，她似乎正看著祭台上的一方明亮，又似乎什麼也沒看，渙散的目光空無一物。

一個青年走入神殿，在她身邊坐下，隨著她的視線看了一陣，終於打破了寂靜。

「在感謝神靈？」

她沒有回答，合上了無光的眼眸。

或許是該感謝神，使弄不清罪名的獄卒沒敢對重刑犯施暴，讓她的腰傷有時間癒合；更該感謝從天而降的特赦，免去了冒險突圍，也免去了之後的全城通緝。

可，仰望著聖潔的殿堂，她的靈魂卻只有無盡的傷感。

菲戈——這個名字所蘊含的意義，令她的心口酸澀而沉重。

她無法忘卻的情人……

無法忘卻他低沉動人的聲音、溫柔而犀利的話語、深邃複雜的眼神、炙熱強勢的親吻，以及他曾經給予過的，令靈魂戰慄而沉醉的激情。

那一場短暫的情事，是她生命中唯一的亮色。即使他僅是迷戀著她的身體，即使她或許僅是他無數情人中的一個。

時間埋葬了過往，也埋葬了錯亂的羈絆。

她曾猜想，他在帝國的某一處，生活與昔日毫無相關，身邊有美麗的妻子或情人陪伴。他會有幾個孩子，心情好的時候教男孩用刀，給女孩講冒險故事，在歲月中慢慢老去。

她喜歡這樣的結局，儘管結局已經與她無關，從沒想到有一天，他會成為西爾最耀眼、最具權勢的人，成為野心勃勃、鐵血無情的帝國執政官。

無法言說的酸楚席捲了心房，她緊緊咬住唇，嚥下了溫熱的淚。

32 談判

以撒把她帶到一間隱蔽的宅邸，開始了訊問。

「妳對他們說了什麼？」

奧薇知道特赦令以撒起疑，她無法解釋，更不想說話，平淡地回答：「一堆關於貪戀的懺悔，我也不懂為什麼會被赦免。」

「沒有人懷疑妳是間諜？」

「他們認為我的行為蠢到不可能是間諜。」

「看來妳的愚蠢救了妳！」以撒嘲諷，問出下一個問題：「為什麼去書房？」

「偶然的機會，我想或許可以找點有用的檔案讓您愉快。」奧薇輕描淡寫。

「真是體貼！」以撒毫無笑意，眼神陰冷，「是想讓我愉快還是讓林晰愉快？」

撥開垂落的散髮，她語氣極淡：「您認為我還能回沙珊？經過刺殺一事，行省人人都知道我是倒向里茲的叛徒！」

「所以我更想弄清妳究竟在想什麼。」以撒凝視半晌，話鋒忽然一轉，「聽說妳偷了珠寶，是哪隻手？」

奧薇沉默了一下，抬起左手。

以撒握住她纖細的腕，指尖彷彿漫不經心地摩挲，「當時妳在偷什麼？」

「胸針。」她情知逃不過暗諜的刺探，索性坦白，「很漂亮，看起來很值錢。」

「值錢到讓妳不惜上絞架？」以撒的手中多了一把利刃，森冷的刀鋒壓住她細腕，他的氣息十分危險，話語卻溫文爾雅，「聽說西爾對付竊賊的方法是砍掉行竊的手，我不想這麼做，但如果妳無法提出一個合理的解釋……」

以撒是個很難欺騙的人，某些時候又極冷血，她不懷疑他會一刀斬下。

看來這次要流點血了……奧薇漫不經心地想，似乎有什麼讓她的思維麻木而遲鈍，對威脅失去了感知。

有什麼關係？少了一隻手的魔女聽起來更邪惡，足以給傳說增添有趣的材料。

人們會怎麼說？魔女把手扔進了湯鍋？獨手抓著掃帚飛過樹梢？想到某些滑稽的場面，她竟然想發笑。

奧薇知道自己不能笑，應該恐懼而哀憐地求饒，可明知會激怒對方，她卻依然忍不住失控地笑起來，沒有乞憐、沒有解釋，她笑到渾身發抖，連蒼白的頰上都漾起了紅暈。

這個世界太荒謬，她已經失去了理智應對的表情。

從未見她如此失態，以撒冷眼旁觀，怒氣越來越盛，一把扣住了她的手臂，厲聲喝問：

「妳發什麼瘋!?」

劇痛中止了肆無忌憚的狂笑，頰上的緋紅消失了。

覺察到異樣，以撒拉起她的袖子，柔白的手臂現出一大片怵目驚心的傷痕。他的神情忽然變了，聲音輕了許多：「他們對妳用刑？」

疼痛唯一的好處是讓人清醒，奧薇終於找回了自控，漠然敷衍：「只是普通訊問，他們認爲我已經說出一切，沒有特別拷問的必要。」

以撒的眼眸多了一種晦暗難明的情緒，抬手解她的衣釦，她卻一把掙開，退出數步外。

出乎意料，他並未發怒，竟然低聲解釋：「我只想看看傷勢。」

以撒似乎在關心，但奧薇可沒忘記他前一刻還想砍下她的手，拉下袖子，蓋住肌膚，禮貌而淡漠地回答：「只是一點瘀傷，如果您想檢驗眞假，不妨讓醫生來看。」

沉寂了一刻，以撒放棄再問下去，搖鈴召喚了醫生。

「她受過一些毆打，但不嚴重，沒有骨折或內臟損傷，我留下了傷藥，按時使用，很快就可以痊癒。」詹金斯請來了可靠的醫生，道完檢查的結果，又追加了一句：「她似乎十分瞭解如何在傷害下保護自己。」

又問了幾句，以撒點點頭，詹金斯代爲送客。

醫生之後是拉斐爾，將一份厚厚的報告呈送到以撒面前。

「關於您上次所繪的圖形，已經有了調查結果。」

翻開密報，第一張是一枚手繪的圖騰，來自奧薇的身體。

黑色的六芒星環繞著一隻睜開的眼，與神之火徽章極其相似，下方還有一個神祕的數字。

「您的推測完全正確，它確實與神之火有關。」拉斐爾一臉不可思議，「我們之前從未聽聞，西爾與神之火一併進行的還有另一個項目，被稱為神之光。」

「神之光……」掠過一行行匪夷所思的文字，以撒無意識地低喃，思維因震驚而空白。

拉斐爾忍不住評論：「西爾人一定瘋了，怎麼可能會有靈魂轉換的方法，皇室和議會竟然縱容那些瘋子浪費不可計數的資金，簡直太可笑了！」

沉思了很久，以撒開口：「這個專案的最終結果是？」

拉斐爾道：「基地十年前發生一起嚴重火災，造成神之光徹底廢棄，幸好神之火沒有受到任何影響。」

廢棄？以撒感覺到某些異常，「投入數十年，耗資無數的巨型項目，怎麼可能因為一場火災而廢棄？」

「專案確實中止了，研究員被遣散調往不同地區，這次能查到這麼多，是因為找到其中一個參與的研究員。聽說掌握關鍵核心技術的一位天才級學者在火災中意外身亡，研究資料全部毀損，無法再繼續。」

「火災起因是什麼？」

拉斐爾的調查相當全面，「有人縱火，是軍方內部的人，詳情不清楚。這件事由皇帝指派特使調查，祕密處理，已逝的林公爵曾因此受到降爵處分。」

縱火？

那麼這一結果，緣自某種蓄意行為？

以撒思索了一刻，「有沒有查出編號的意義？」

「我問過了，得到的回答很怪，說背後有這枚印記的，只可能是屍體。」

以撒目光微凝，「什麼意思？」

「這是神之光項目為未來準備的後備軀體編號，奇數代表男性，偶數代表女性，由軍方在北方邊境搜集而來，全是健康漂亮的少年男女，被剔除靈魂，封入晶罐，等待技術成熟後使用。」拉斐爾詳盡地說明，「但，神之光根本沒能成功，後備軀體又在大火中焚毀，沒有靈魂的軀殼是不可能復活的。」

不可能？那奧薇怎麼解釋？

咀嚼著拉斐爾的話，以撒的眼神漸漸變得詭異。長久以來籠罩在她身上的迷霧，終於露出了隱約的輪廓……

一個美好的身影倚在廊下，不知在想什麼。

長髮被風吹得輕揚，裙子穿在身上顯得很空蕩。一場牢獄之災似乎令她瘦了許多，也更加緘默了。

她是誰？她經歷過什麼？她到底想做什麼？以撒許久無法移開視線。她是他所見過的，最複雜又最難以馴服的女人！

假如資料確實無誤，她的存在只有兩種可能——

研究完美地成功，並將某個人的靈魂轉入了這具青春的身體。

研究失敗了，她被打上刻印，卻幸運地保留自我，逃離了研究中心。

究竟哪一種是真實？

她對神之光與神之火瞭解多少？

她素來冷靜理智，對情緒的控制幾乎完美，近期卻頻頻失常。那一次大笑不像挑釁，反而更像是某種形式的崩潰，他很想知道，究竟是什麼讓她紊亂。

廊下的纖影突然側了一下，似乎在傾聽什麼，以撒目光一掠，發現附近有兩個趁午休閒談的侍女。

「……執政官閣下眞仁慈……」

「……那種冰冷高貴的氣質太完美了……」

「……什麼樣的女人都配不上他，可我想他遲早會結婚……」

「想知道什麼？尊貴的執政官閣下的私生活？」一句微諷的話語打斷了奧薇的傾聽，侍女們驚駭失色，慌亂地屈膝行禮，以撒彈指摒退侍女。

「忽然對他感興趣了？因爲他慷慨地放過妳？」

奧薇沒有回答，目光飄向了遠處的花樹。

「修納單身、有權勢、相貌非凡、身分榮耀，所有女人渴望被他所愛。」淡漠的反應並未讓以撒停止話語，「可惜，這位高貴的執政官唯一喜歡的就是權力，所有人都清楚，他視女人爲籌碼，不屑於婚姻。」

她淡淡道：「謝謝您的提醒，請原諒我有點累。」

以撒沒來由地生出一股火氣，「親愛的奧薇，不必急於休息，我讓妳看點有趣的東西。」

不給任何反抗的機會，他硬將奧薇拖出別墅，塞進馬車，吩咐了一個地址。

奧薇根本毫無情緒，「您要讓我看什麼？」

「關於那位執政官閣下的一點小祕密，」以撒優雅地輕嘲，「當然不可能出現在帝都報紙上。」

她不懂以撒爲何心血來潮，但顯然反對不起作用，於是，她不再開口，轉頭看窗外的風景。

車內安靜了一陣，以撒似不經意地詢問：「奧薇，妳今年多大？」

她停了一下才回答：「二十三。」

唇角帶著一絲難以捉摸的微笑，以撒道：「爲什麼需要想一下？」

奧薇的眼睫閃了一下，「從來沒人問過我這個問題。」

「看來妳過得很忙碌。還記得生日是哪一天嗎？」

「忘記了。」奧薇說得很自然，「生日對窮人毫無意義。」

以撒挑了挑眉，「聽起來眞令人傷感，或許我該對妳多一點關心。」

「謝謝，您沒必要這麼做。」

「當然有必要。」以撒姿態輕謔，似調侃又似認眞，「親愛的奧薇，我忽然發現妳是如此的耐人尋味……」

一座極具吸引力的——寶藏。

以撒態度有些怪異，奧薇生出了警惕，然而他只是微笑，再沒開口。

馬車駛入一幢陌生的別墅，以撒將她帶到樓上，指點窗外的隔壁花園，「看那個女人。」

一個年輕漂亮的貴族女人在花園中唱歌，纖指逗弄著籠中的夜鶯，一幅平和溫馨的畫面。

奧薇不明所以，望了一眼以撒，他示意她接著看下去。

歌聲漸漸停了，女人從籠中捉出夜鶯，但並沒有放飛。她一根根拔下小鳥的羽毛，對慘叫的啼鳴充耳不聞，最後甚至撕下了拍打的雙翼，鮮紅的鳥血染紅了白皙的肌膚。女人神經質地大笑，被聞訊而來的僕人架回了房間。

異常令人不快的一幕，奧薇有些發冷。

「這個女人不正常，但並非天生如此。」動人的聲音在耳邊響起，幾乎能感覺到以撒的呼吸，「她是維肯公爵的私生女，一度是上流社會的寵兒——蘇菲亞小姐。」

奧薇似乎聽過這個名字。

「曾經有位高貴人士與她訂婚，利用她騙取了維肯公爵資金扶持，成功踏上了高位——我想妳能猜出是他是誰。」以撒輕笑了一聲，不無諷意，「在此之後，他立即拋棄了她，毫無憐憫，像扔掉一雙破襪子。她的父親也捨棄了她，可憐的蘇菲亞小姐被長期軟禁，變成了一個瘋子。」

俯瞰著花園，以撒的聲音不疾不徐：「被他利用的，還有情婦安妮夫人，她在公爵面前爲他說了不少好話，結果在事變後承受了公爵最多的怒火。這位執政官閣下手段高明，能輕易獲取女人芳心，遺憾的是缺少感情，俊美的外皮下是不折不扣的惡魔！」

惡魔？這是菲戈？入耳的話語讓她有一絲暈眩。

「親愛的奧薇，儘管妳是個美人，但最好還是離他遠一點。」以撒彷彿戲謔似地警告，

「這位執政官閣下除了厭惡綠眼睛，目前恐怕更討厭紅眼睛。如果發現妳眞實的眸色，別說特赦，他會毫不猶豫地把妳扔上火刑柱，活活燒死！」

奧薇的身體剎那冰涼如雪，「他……討厭綠眼睛？」

以撒沒有發現她的異樣，淡道：「妳沒聽說？這是執政官閣下公開的祕密。」

菲戈恨她、厭惡她、視她爲生命中的污點？

她不懂菲戈爲什麼憎恨，也記不清自己究竟做過什麼。她盡了所有努力，卻換來這樣可笑的結局？

原來一切都是虛假的，記憶、溫柔、情感、以及她的生命……

神智開始飄忽，靈魂似乎不復存在。以撒似乎又說了幾句，她再也沒有回應。

以撒覺出異樣，扳過奧薇的肩，發現她美麗的臉龐有著驚人的蒼白。

似乎有哪裡不對，卻找不出原因，以撒凝視了半晌，道：「失望了？我只是不希望妳被表相迷惑而受傷。」

奧薇側頭望向花園，那個關著發瘋了的蘇菲亞小姐的空蕩精緻囚牢。

以撒拒絕沉默，抬起她小巧的下頷，「奧薇，怎樣才能得到妳的忠誠？」

她被迫望向他，像一具精緻的木偶，空洞的眼眸中一片虛無。

「妳的眸色已經無法在西爾生存，我可以帶妳去里茲。」以撒的聲音充滿誘惑，「我不會像林晰那樣利用妳，也不需要妳上戰場，只要妳完完全全地忠於我。」

奧薇依然安靜。

以撒在她冰冷的唇上落下一記輕吻，「我不介意妳過去是什麼人，坦白說，妳讓我心動，但如果妳始終隱藏，我很難持續信任。」

她沒有回答，卻也沒有閃躲，這或許是個好兆頭。

仔細打量她的神情，以撒決定點到即止，「妳是個聰明的女孩，好好考慮，我等著妳的答案。」

奧薇很快用行動給出了回答——某日與執政府的高官會談歸來的以撒意外得知，她失蹤了！

她擺脫了重重監視逃離了別墅，誰也猜不出她去向何方。

這個難纏的、頑固的、不可理喻的女人！以撒從來沒有如此憤怒，他立刻更改了住所，將她所接觸過的暗諜全部撤換，反覆思考一整夜之後，他壓下了向執政府告密的衝動。

以撒很清楚，這樣的仁慈是一種愚蠢。他本該揭穿晶石鏡片的祕密，畫出維妙維肖的畫像，讓她被整個帝國通緝，再也無法藏匿，直至被天羅地網的追緝擒獲，送上刑場，執政府會為此欣然致謝，將更有利於他贏取西爾高層的信任。

可不知爲何，他不願看到這樣的結果！

修納執政官是個令人印象鮮明的領袖，這不僅僅是因爲出眾的外表或傳奇經歷所添加的色彩，而是他的高度控制力。

權力並沒有讓他怠惰腐化，深邃的雙眸冷銳犀利，凌人的氣勢蘊著可怕的壓力，足以令對手意志崩潰。

一次會談，以撒已經瞭解爲什麼詹金斯反覆交涉卻一無進展，這樣的對手，絕不會爲表面利益而迷惑。

會談桌對面，修納態度漠然地道：「我不認爲貴國能提供什麼與新能源技術交換。」

「沙珊行省的軍力分佈、防衛架構、軍械儲備等等相關的一切……」即使對方反應冷淡，以撒依然保持微笑，侃侃而談，「這些資料能幫助閣下在最短時間解決戰爭，節省大量物資與金錢。」

修納不爲所動，「聽起來不錯，可我更喜歡自己動手。」

「執政官閣下用兵如神，但戰爭已經拖了很長時間，對西爾的財力造成了不小的耗損，也犧牲了許多英勇的士兵。」以撒逐一環視各位大臣，「我相信里茲的建議，對貴國會稍有助益。」

秦洛不動聲色，幾位重臣暗中交換了一下視線。戰爭確實給帝國帶來了相當的壓力，長期膠著對峙的代價十分高昂。

修納淡淡地掃了一眼，「幸好閣下提醒，我幾乎忘了戰爭爲什麼持續這麼久。」

「您的意願可以令它立即結束，」以撒有技巧地避重就輕，「我們願與西爾建立長久的友誼。」

「談友誼還是談新能源技術？」修納一針見血地直入核心。

相較於修納的尖銳直接，以撒的言辭近於外交家的圓滑：「我們重視與貴國的友誼，同時也對新能源技術頗有興趣，願意以一定金錢換取這項技術。」

修納眉梢一揚，話語略帶冷誚：「那麼請無條件停止一切對沙珊的援助，提供情報助我們攻下行省，以利我們與里茲成爲友好鄰邦。」

無條件？

一旁緘默的詹金斯忍不住開口：「閣下在開玩笑嗎？」

修納卻是波瀾不驚，「西爾的政殿只談國事。」

「那麼新能源技術的共用呢？」相較於詹金斯，以撒十分冷靜。

「協助我們攻下沙珊，僅僅是締結兩國友誼的基石，以真正促進雙方長久而穩定的近鄰關係。」修納一手支頷，輕描淡寫地說著外交辭令。

「這份友誼的確非常貴重。」執政官的胃口超出了預計，以撒進一步探測，「里茲能從中得到什麼？」

修納的回答極簡潔：「珍貴的信任及和平。」

以撒禮貌地質疑：「和平？能否請閣下稍作解釋？」

「想必閣下很清楚，我是個軍人，習慣以戰爭解決問題。假如沙珊久戰導致帝國動盪，我只能告訴民眾，是里茲人導致了一切，種種面臨的困境皆來自鄰國的陰謀。」修納的臉上多了一絲嘲謔，帶著男人討論牌局時慣有的漫不經心，「一旦發現挫折和痛苦之源，仇恨會把西爾人擰成一根鋼索，而我則必須順應憤怒的民眾出兵，我想里茲大概不會樂見未來這一場景。」

「肆意揮舞戰爭之劍極可能斬傷自己，」以撒目光冷下來，語氣微諷，「或許西爾的戰馬尚未踏過邊界河谷，閣下已陷入政治泥沼！」

修納展開一個淡定從容的微笑，氣勢矜傲非凡，「確實有點冒險，但作為不懂政治的武夫，越是困境，越相信槍炮的力量。閣下一定也有所聽聞，西爾的統帥一貫以最直接的方式解決問題。」

非貴族出身的帝國執政官，公然以戰爭進行威脅，天生貴胄、機敏練達的以撒閣下，第一次在談判桌上碰到了無賴。

「如果想激怒對方，你已經成功了，里茲人簡直被氣炸了肺！」會談結束得不甚愉快，秦洛吹了一聲口哨，嘖嘖嘆道：「真想讓對方放棄沙珊，而你卻什麼也不給？」

修納的注意力已經轉到遠征的相關資料上，不覺得這是個問題，「對里茲人而言，沙珊已經變得很燙手，假如遠征被我們打下，里茲不僅得不到任何好處，還會讓兩國關係進一步惡化，倒不如提前把沙珊作爲禮物奉送，換取今後的機會。」

「但就算示好也無法確定是否能贏得利益，誰願意平白付出？」

「考慮到拒絕的後果，里茲會大方一點。」

秦洛客觀地評價：「我想這該稱之爲訛詐，他們未必會接受。」

「要打賭嗎？」修納淡道，「那位里茲特使是個聰明人。」

「假如里茲拒絕，你會發動戰爭？」

「爲什麼不？只要有這個必要。」修納的回答極其冷血，「與其讓火燒到自己身上，不如引向別人的花園。對外戰爭可以轉嫁矛盾，又能贏得民眾支持，只要能獲取勝利，他們會對任何戰爭狂人歡呼！」

秦洛發自肺腑地感嘆：「你眞是個天生適合搞政治的混蛋！」

修納瞥了他一眼，「你這是在誇獎？」

「當然，我十分同情你的政敵。」

修納手邊批閱公文，漫然應道：「恕我提醒，那些也是你的政敵。」

秦洛點頭，「說的對，眞高興我們是一邊的。」

瓜達港是西歐大陸最熱鬧的海港，地理上的便利，讓它散發出驚人的魅力，擠滿了來自世界各地的海商與水手。

帶著鹹味的海風捲裹著啤酒和煙葉的氣息，熙熙攘攘的碼頭上堆積著小山般的麻袋，市集擺滿各地的貨物和香料，妓女嘻笑著攬客，水手與白帆混成海港獨特的風情。

這裡無所不有，鮮豔的珊瑚、璀璨的巨鑽、各種珍奇的食物和布料，甚至可以買到蘇丹後宮的絕色美人，被長期漂泊的水手視爲人間天堂。

「盧卡，別再打牌了，有人找你。」

一隻粗壯的糙手無禮地推搡，硬生生把盧卡從牌局中揪起來，不顧他的不悅，男人轉頭對身邊人陪笑：「這就是我說的盧卡，海上最好的領航員，大海對他來說，就像自家後院的菜地。」

盧卡很惱火，他剛拿了一手足以讓對手屁滾尿流的好牌，卻被不識相地打斷，剛一抬頭，便接到朋友擠眉弄眼的暗示——這是一票大生意！

勉強按下怒火，盧卡望向朋友身邊的人，呆怔了一下。

那是個美麗的女人，雪白的膚色相當惹眼，披著長長的斗蓬，看起來像一個化裝潛行的貴族，與囂鬧髒亂的碼頭格格不入。

她輕柔的聲音極其動聽，「聽說你擅長辨識航海圖。」

盧卡扭了扭脖子，自豪地吹噓：「沒錯，再簡單的航海圖，我都能一眼認出。」

一張羊皮卷落入他手中，女人盯著他，「替我看一看這張。」

陳舊的羊皮卷年代極久遠，上面繪著海岸線，標註著一些海上通用符號，線條因時光而黯淡。

盧卡仔細研究了一會兒，神色驚異而迷惑，「這張航海圖我以前從沒見過，應該是西爾國沙珊海岸一帶，那裡根本無法通行，可這張圖……」繼續研究了一會兒，盧卡激動起來，「這張圖竟然把暗流礁石全標出來了，如果是眞的，簡直不可思議！」

那女人又道：「如果這張圖是眞的，沙珊海岸是否能夠通行海船？」

「絕對沒問題，這張圖標示得非常詳細，就算是傻瓜都能通過。西歐的海商會高興得發瘋，這條新路，絕對可以讓他們的航線縮短數千海哩！」

女人從斗蓬中探出手，托著一只沉甸甸的錢袋，大小讓人看直了眼，「這裡是三百金幣，僱你出海領航。」

碼頭上前所未有的開價，讓兩個人都驚呆了。

一個醉醺醺的粗漢路過，發現了女人，放肆地試圖輕薄。盧卡正要上前救美，眼前忽然一花，接著便傳來砰的一聲，不知她做了什麼，醉酒的男人跌進了一堆酒罈裡，鼻孔溢出鮮血，徹底昏了過去。

女人收回手，就像僅是打翻了一只酒杯，「很高興找到你這樣經驗豐富的領航員。」

盧卡目瞪口呆了半晌，嚥了一下口水，「是……尊敬的女士，您的船在哪？船長是哪一位？」

「船很快到港口，至於船長……」

碼頭一陣突然的喧嘩打斷了她的話，人群沸騰了起來。

只見一艘沉重的大船緩緩靠上碼頭，白色的巨帆擋住了日芒，明明掛著商船的旗幟，卻擁有強悍無倫的武裝，龐大的船身佈滿火炮，帶來令人窒息的威懾。

「是摩根！海船王摩根！」人們交頭接耳，眼中交織著恐懼與興奮的光芒。

摩根，近十餘年縱橫於遼闊的海洋，擁有西歐最大的船隊，他的凶狠精明傳遍了海岸，連海盜都爲之避讓。

眾目睽睽中，海船走下了幾個男人，碼頭的人群退開了一條敬畏的通道。

當先的一個男人身材高大，強壯的肌肉顯得體格剽悍，常年的海上生活，造就了他古銅色的肌膚。他，正是聲名遠播的海船王。

周圍的人群嗡嗡議論，摩根根本不予理會，威冷的眸子一掠，往酒館門口走去。

盧卡是見慣風浪的水手，對海船王這般傳奇的人物心懷畏懼，又唯恐驚嚇到年輕漂亮的金主，「女士，我想我們最好換個地方。」

她似乎沒聽見盧卡的話，迎視著越來越近的高大身影。

人群突然消音，威猛的海船王在酒館門口一個女人的面前停下。

絕對的寂靜持續了很久，在可怖的氣勢與壓力下，盧卡的腿開始哆嗦，冷汗爬滿了全身，他的新主人卻像毫無所覺。

摩根終於開口，俯瞰著小巧的臉龐，渾厚的嗓音略帶傲慢：「聽說妳有筆生意要作？」

女人點了一下頭，淡道：「很高興您感興趣，摩根閣下。」

33 交易

帶著海風腥味的房間內，只有交易的雙方。

「一樁簡單的海運，但貨物有點特殊，我要運送的是人。用你的船隊把我指定的人平安健康地送到塔夏國海岸，到岸後由迦南銀行給付船費，這是他們簽署的證明，您一定清楚迦南銀行的信用擔保有多可靠。」

摩根以強悍聞名，同時又兼具商人的精明，仔細驗證了檔案真僞之後才道：「有多少人？」

女人極淡地笑了一下，「總數近十萬人，一百金幣一個人，至於能賺到多少，就要看閣下的手段。」

這是一個極其驚人的數字，連閱歷無數的摩根都爲之一怔。

「航海圖和領航員已經準備好，您有一個月的時間徵集水手、招募其他船隊，必須在指定的日期前抵達。」她從床下拖出一只鐵箱，打開來，耀眼的金光立刻映滿了房間，「這是預付款。」

「西爾國的沙珊行省？」整箱金燦燦的黃金並未讓摩根忘形，他的視線停在航海圖上，凝定良久之後才開口，語調充滿嘲弄：「我聽說這個國家的舊貴族，像老鼠一樣擠在那裡。」

女人似乎沒聽出他的譏諷，平靜地反問：「不介意從走投無路的老鼠身上賺點錢吧？」

「誰會跟黃金過不去？我們是商人，看在錢的份上，不介意爲任何人提供服務。」出人意料的回答令摩根大笑起來，輕視的目光生出一絲欣賞，隨後一收，「這張圖從哪來的？」

她一手撫平翹起的航海圖，「來自家族祕藏，算是交易之外的附送。」

摩根心下雪亮，就算不爲一千萬金幣，單憑圖上標示出的新航線，也有極高的價值！他大手不經意地摩挲著腰刀，室內的溫度突然下降，「相當令人心動，不過妳竟然敢隻身一人與我談判，不怕我把妳綁去迦南銀行？」

女人十分鎮定，「提取款項的鑰匙在沙珊，恐怕您得乘船去取。」

摩根也僅是試探，如此巨大的財富，對方當然不會全無提防，「我很詫異，那些貴族的家眷究竟有多少？我從沒見過貴族流亡會拖著這麼多累贅。」

「多數是普通人。」沉默了片刻，她低聲回答，「他們唯一的過錯是隸屬於某個家族。」

「居然還有不肯丟下子民的領主？妳又是什麼身分？屬於那個即將毀滅的家族？」摩根不敢相信，但覺得十分有趣，瞇起眼評估這樁買賣的可靠度，「看來那個貴族對妳很放心。妳是他的女人？」

她是女人，但又不像女人，至少她的冷靜沉著，足可擔當一樁交易的合作對象！

清麗的臉龐一無表情，她避過詢問，指尖叩了叩冷落已久的航海圖。

「我是這筆交易的代理人，您願意做這樁生意嗎，摩根閣下？」

不歡而散的會談之後，以撒反覆斟酌，出人意表地提議了再次會談，而後是下次、下下次……最終，里茲令人驚訝地無條件拋棄了沙珊，連帶提供里茲滲透行省三年中得來的許多重要情報。

正如修納的預料，對里茲人而言，結交一個強而有力的未來盟友，顯然比耗費重金援助一艘下沉的船更有利。

兩個月後，帝國執政官繼休瓦之戰後首次親臨戰線，遠征沙珊，無數民眾歡呼著目送，期待著修納又一次帶來榮耀的勝利。

以撒與拉斐爾一路隨行觀察，最後一絲懷疑徹底消散，終於確信修納有足夠的聲威煽動民眾支持戰爭。這支個性鮮明的軍隊對他有種狂熱的擁戴，比虔誠的教徒更為忠誠，士兵毫不懷疑偉大的執政官能贏得戰爭，統率人民，令西爾重建輝煌。

修納極其冷酷，然而同時他又絕對自律，沒有對金錢的貪欲、沒有奢靡的享樂、沒有沉迷的愛好，幾乎是一個完美領袖的標本，或許正是這些因素，造就了修納非凡的魅力。

儘管活得像個機器，修納卻比機器更無情，但以撒謹慎的探測，終於找到了一個突破口。

那是遠征前的一場私人宴請——

「謝謝，目前新能源項目進行得很順利。」修納啜了一口開胃酒，冷淡地回答。

「神之火眞是一項驚人的成就，」在等待上菜的間隙，以撒將話題巧妙地轉移，稱讚的語氣十分自然，「請容我向西爾菁英的智慧致敬！」

秦洛一笑，插口道：「確實得感謝嘔心瀝血的研究者，否則很難想像西爾能迅速擺脫戰後的孱弱，我們會異常珍惜地使用這項技術。」

修納的意願相當明顯，秦洛則較爲委婉，但顯然意見一般無二。

隨後秦洛拉開另一個話題，在打獵與社交間侃侃而談。與淡漠少言的修納不同，他是個天生的社交家，幾句話已令氣氛輕鬆活躍，以撒也不再提起，興致盎然地與他討論挑選獵犬的訣竅，又誇讚起廚師精心烹製的佳餚。

當侍從端上最後一道甜點，以撒放下刀叉，似乎突然想起什麼，開口道：「我在西爾期間碰到了一件有趣的事，或者說……遇見了一位有趣的人。」

秦洛一派戲謔，「我打賭一定是位美人。」

以撒莞爾，「吸引我的並非容貌，而是她背上的一塊印痕。」

秦洛挑了挑眉，言語調侃：「難道那位美人身上紋了某位紳士的名字？」

「哦，我認爲比名字更有意思……」向侍從要來紙筆，以撒幾筆劃出圖案，隨手遞給秦洛，嘴角的微笑莫測高深，「您不覺得它很獨特？」

秦洛隨意一掠，目光忽然定住了，半晌才又開口：「確實特別，看起來有點眼熟，我是否有榮幸認識這位女士？」

游離於談話之外的修納瞥了一眼秦洛推過來的紙箋，表情有一刻的空白。

儘管修納什麼也沒說，但這對以撒來說已經足夠，他明白自己找到了一個有分量的籌碼。

與秦洛交換了一個難以解讀的眼色，修納做了個手勢，侍從立刻退出房間。

秦洛開口：「您在何時遇見這位女士？」

「有一段時間了，不過卻是最近才發現她的小祕密。」以撒語調閒適，神情輕鬆愉快，「女人最可愛之處，就是時常帶來驚喜。」

「這點我贊同，可惜偶爾她們也會是煩惱的根源。」秦洛啜了一口酒，似乎並不在意，「漂亮嗎？」

「非常美麗。」以撒眉梢帶著男人之間意會的曖昧，「而且不僅是臉龐。」

秦洛會心一笑，「聽起來是個尤物，閣下眞是幸運，方便的話，可否引見一下？」

「恐怕不行。」以撒微笑更深了一分，「我可不願一時失誤，讓您的風采奪去她的芳心。」

秦洛眸光一閃，「僅憑閣下的描述，我們很難確定她的魅力是否真實，或許您是出於愛慕而誇大其辭？」

「誇大？」以撒輕笑一聲，以優雅神祕的語調，誦讀了一首拉丁文詩。

「她的存在歸屬於一樁完美的奇蹟，通身沐浴著神靈的光澤與恩賜……」秦洛低聲複誦了一遍，停了片刻才道：「您讓我越來越好奇了，究竟怎樣才肯讓我見一見這位獨特的美人？」

「既然她如此珍貴，您一定明白我很難克服男人的私心。」

「我不喜歡兜圈子。」一個冷硬的聲音響起，修納終於開口，結束了雙方暗藏機鋒的對話，「把她交給我，一旦驗證她的來歷與紋章屬實，我將在合理條件之內與里茲共用新能源技術。」

秦洛似乎想說什麼又按捺住，最終一言不發。

以撒的眼神亮了起來，語氣卻冷靜自如：「修納閣下十分慷慨，但這其間有許多細節……」

「細節有其他大臣跟你談，」修納打斷了他的話語，沉冷的聲調毫無起伏，「我的要求只有兩個，第一，她身上的紋章完全真實；第二，她必須是活的。」

修納的姿態形同命令，以撒卻不在意，爾雅的笑容下，藏著不為人知的嘲謔。

這位執政官對於永生的渴望，全然超乎想像！

「執政官閣下究竟怎麼了？」

近衛官威廉在一旁侍立，從頭到尾聽完全程，但沒能看到以撒所畫的圖案，心裡像貓抓一般，奇癢無比。

結束後，他立即找機會抓住秦洛打探：「修納閣下怎麼會突然對女人感興趣？您不僅沒有阻攔，還參與討論？憑里茲特使的口頭描述就神魂顛倒，還許諾以新能源技術交換，那眞是我認識的閣下嗎？您和他到底在想什麼？以撒簡直像一個高級皮條客！」

聽完威廉慷慨激昂的責備，秦洛回想片刻，突然狂笑起來。

他笑得上氣不接下氣，無法說出一句完整的話，「哈哈哈……親愛的威廉，你眞有想像力！那個皮條客……哈哈哈……太絕妙了……」

「閣下，」威廉大惑不解，「難道你們不是在討論一個女人？」

秦洛好不容易從狂笑中平復下來，「當然是女人，假如她眞是神之光的實驗體，絕對會是位美人！」

「美人又怎麼……等等，您說神之光？」威廉突然意識到重點。

秦洛忍不住再次失笑，「對，與能源計畫的神之火同時進行的神之光項目，以你的地位，應該聽說過部分內容吧？」

威廉張口結舌了半晌才道：「我聽說過，但是……它不是徹底失敗了嗎？」

事實上，它不僅完美地成功了，而且第一個受惠者，正是威廉崇敬的執政官本人。

不過，這些秦洛當然不會說出來，他擺出一本正經的神態道：「假如以撒手中的女人確實是休瓦研究中心的實驗體，這表示靈魂轉換已經成了現實。這個女人是何時重生、誰令她重生、她對神之光瞭解多少、里茲人知道多少、神之光技術是否已經洩露……這一切都可能導致極其嚴重的後果，必須徹查清楚。」

秦洛按住威廉的雙肩，語氣沉重而失望：「威廉，修納絕不是色迷心竅，更不可能為美色出讓西爾的利益，你竟然如此輕率地指責，實在是……」

威廉一路聽著，越來越不安，秦洛的責備更令他慚愧得無地自容，「抱歉！閣下，是我愚蠢，我真不該……」

「皮條客？」沉痛忽然變成了戲謔，秦洛再度大笑起來，「我會一直記得這個綽號，天才的威廉！」

被戲弄的威廉懊惱了許久，終於想起另一個問題，「假如神之光技術確實成功，您認為執政官閣下會怎麼做？他會重建休瓦基地嗎？」

秦洛沉默下來，半晌才道：「不，他會毀了它，徹底將它埋葬。」

沒人能抗拒永生與永恆權力的誘惑，執政官竟然絲毫不為所動？威廉無比欽佩，「修納閣下果然是西爾最高貴無私的人！」

秦洛淡淡地點燃了一根煙，藏住了心底的嘆息。

什麼永生、什麼新能源技術，在修納心中一文不値，他所堅持與守望的，無非是某個逝者的願望。

曾經她不惜以生命爲代價去毀滅的東西，他怎麼可能還讓它留存於世間？

一次試探就贏取了超乎想像的許諾，以撒空前滿意，但隨之而來的問題是——

如何才能找到奧薇？

她的價値無可比擬，又異常聰明冷靜，假如存心躲藏，扮成柔弱無害的平民，幾乎不可能被發現。如今她拋棄了林氏，拋棄了沙珊行省，很難找到一個有效的捕捉方法。

奧薇會在哪？她究竟是誰？

一度縈繞的疑惑突然變得無比重要，隨著費盡周折查到的情報回傳，以撒終於有了發現。

「閣下，關於休瓦基地火災內幕，我們重金賄賂了執政府重臣，探出了一些機密。」凡是有關神之光與奧薇的情報，都必須第一時間報告，忠於命令的拉斐爾在一個深夜打斷了以撒的睡眠。

以撒打鈴讓隨侍從來兩杯咖啡，濃香驅走了睡意。

「說說看。」

「神之光縱火的罪犯身分非常特別，」拉斐爾初聽時幾乎難以置信，「她是林氏家族曾經的繼承人，林晰的表姊——先代林公爵的女兒林伊蘭。」

正要啜飲咖啡的以撒停了一下，眼神微凝，「原因？」

「傳說是繼承人之爭，林公爵似乎對這個女兒很不滿，在基地事變前夕剝奪了她的繼承權，對外公佈林氏將由林晰繼承，給她的安排則是聯姻。縱火前一個月，她剛剛訂了婚，那位倒楣未婚夫您今天正巧見過——西爾的司法大臣秦洛。」

「秦洛？」以撒想起近日接觸的印象，微諷地評價：「林公爵眼光不錯，秦洛確實手腕過人，可惜林公爵無法預料到西爾的政局會翻天覆地。假如這樁聯姻眞的成功，以秦洛的心性，我毫不懷疑他在政治巨變時，會將出身林氏的妻子當成祭品，獻給執政府。」

恐怕神靈也難以預知世事會變化至此，拉斐爾禁不住感嘆：「失去繼承權的公爵小姐燒掉了半個研究中心，以發瘋的行徑終止了婚約。秦洛事後肯定對此頗為慶幸，不然此時在沙珊行省等死的就有他，更不可能達到如今的地位。」

以撒若有所思，「放火之外，她是否還做了什麼？」

拉斐爾流露出敬佩之色，「的確不僅如此，她取走了記載神之光奧祕的上古手抄卷，一併焚毀，還殺了主持研究的柏格準將，導致多項機密成果斷絕，西爾人不得不放棄這個專案。皇室甚至懷疑縱火與西爾皇儲和林公爵本人有關，最後嚴密審查卻始終找不到證據，才當作林氏家族的內爭來處理。」

以撒諳熟宮廷紛爭，自然能想到其間的曲折，「這位公爵小姐對家族可真是忠誠！」

拉斐爾遲疑了一下，又道：「其實關於縱火原因還有另一種說法，很荒誕，我認爲可能性極低，不過……」

以撒挑了挑眉。

拉斐爾不知道毫無根據的流言是否有呈報的價值，「據說是林伊蘭對父親的報復，因爲她的情人死於公爵之手。」

「情人？」

拉斐爾解釋道：「休瓦有些流言，說公爵小姐曾是已故休瓦叛亂首領的情人。傳言還準確地說出她是位綠眼睛的美人，甚至說林公爵正是因爲發現了醜聞，才憤怒地炮轟休瓦。」

荒誕不經的傳言不值一提，但同時似乎有什麼在以撒腦中一閃而過，卻無從捕捉，半晌後才道：「很精彩，但可信度太低。」

拉斐爾赧然，「閣下明鑒，我也認爲林伊蘭縱火應該是宮廷陰謀。」

「林伊蘭？」以撒下意識地複誦了一遍。

「這是公爵小姐的名字。」

「林伊蘭……伊蘭……伊……」以撒反覆默唸，突然靈光一閃，霍然站起，「拉斐爾，盡一切力量，立刻清查這位公爵小姐的社交圈中，是否有個叫凱希的人。」

「凱希？您是指奧薇當時在拉法城買下的那個人？」拉斐爾不明所以，「您認爲……」

眞相的外衣即將揭開，以撒捺下激動，低低一笑，「我有一個奇怪的想法，或許那位公爵小姐……根本沒有死！」

崔伯爵是西爾國少數留存下來的上層貴族之一，擁有的領地有部分臨海。與同樣擁有海岸卻難以靠船的近鄰沙珊不同，這裡有西爾少見的港口，同時也是途經沙珊的便道之一，在遠征軍的補給線上，佔據著重要位置。

崔伯爵既非秦洛那樣前瞻性的投機派，也非伊頓索倫公爵一類的自負強硬派，他在政局穩固後極快地窺明形勢，主動迎接執政府委派的總督，讓出大部分控制權，避開執政官橫掃政敵的鋒芒，保全了地位和財富。

如此圓滑精明的人，當然不可能是古板難纏的守舊派，崔伯爵殷勤備至地爲軍隊提供了充足的物資，更爲帝國執政官舉辦了簡潔而不失高雅的宴會，既表達了歡迎之意，又不致過分僭越，將臣服與逢迎之意表現得恰到好處，連秦洛都禁不住暗讚。

融洽的宴會進行到尾聲，隨著崔伯爵擊掌，十餘位年輕漂亮的少女被帶入場中，以最嬌柔的姿態屈膝行禮，猶如一群馴順的羔羊，等候尊貴客人的挑選。

爲貴客奉上侍寢的佳人是西爾國領主慣常的待客之道，但這次的效果卻出乎崔伯爵意料，隨著美人的出現，輕鬆愉快的氣氛突然變得尷尬起來。

世故的伯爵立即覺出不對，卻不明原因，只能小心地微笑試探：「這些女孩是爲此次宴會專程挑選的，每一個都是處女，如果能得到各位大人的垂愛，將是無上榮幸！」

威廉近衛官將頭轉到一旁，似乎對牆沿裝飾的稜線產生了高度興趣，其他人則目光遊移，不約而同地避開美女，室內的氣氛極其怪異。

最不能得罪的執政官修納反應更糟，他神色冷淡，唇角緊抿，直接傳遞出了令人心慌的信號。

崔伯爵明白出了問題，卻無法獲知該以何種方式化解，侷促不安中，終於碰到了好心人——

場中唯一神色自如的司法大臣秦洛晃了晃酒杯，開口：「的確都是出色的美人，可不能辜負崔伯爵的一番好意。」

他隨手牽起一位屈膝過久，開始輕顫的少女，並包攬了餘下美人的分配，除了沉默的修納和忠於愛妻的威廉之外，人人有份。這過分僭越的行爲近乎無視階位，修納卻放任而爲。

宴會終於順利結束，崔伯爵著實鬆了一口氣。

八面玲瓏的秦洛當然不會忽略新結交的里茲特使，以撤對美人不感興趣，轉手推給了拉斐爾，反而對當時怪異的氣氛印象深刻。

冷血的修納似乎有某種特殊的禁忌……此外，司法大臣秦洛與修納的私交，絕對比傳聞中更牢固！

傍晚，在花園散步的以撒聽見人聲，隨即駐足望去。

傘狀花樹下駐立著兩個人，威廉近衛官正彬彬有禮地安撫著主人崔伯爵：「您沒有做錯任何事，只是執政官閣下不喜歡美人。」

崔伯爵低聲說了一句什麼，威廉聲音稍揚，彷彿哭笑不得：「您不需要再做什麼，那位閣下對男孩更不感興趣，除非您真的想激怒他。」

威廉極力想讓伯爵相信此前的失誤不會造成任何不良影響，費了好一番口舌，艱難的撫慰還未完成，城堡外傳來陣陣騷動，驚動了所有人。

接連碰上意外的崔伯爵幾乎青了臉，迅速前去處置。

等局面平息下來，他背心滲汗地對執政官等人致歉：「萬分抱歉，這些無知村民竟然驚擾了各位，完全是我的過錯！」

修納並無明顯的不悅，只淡瞥了一眼城堡的外牆，「怎麼回事？」

「一件不值一提的小事……」崔伯爵窘迫地搓了搓手，「有個魔女逃走了，村民們前來報告，打算四處圍捕。」

修納神色一沉，「我記得之前已下令禁止私刑。」

崔伯爵強笑著解釋：「這裡離沙珊很近，村民又多半愚昧，時常懷疑魔女入侵。我曾經通告過帝都的禁令，但效果不佳，他們無法理解大人的良苦用心。」
修納皺起眉，崔伯爵心底一緊。
秦洛適時地接過話題：「他們要捉的魔女是什麼人？」
崔伯爵難以啓齒般咳了一下，期期艾艾道：「是……是一個八歲女孩，母親剛剛去世，叔父發現她最近行爲異常，時常在夜裡流連於墳墓，所以指控她被魔女附身。」
秦洛接著詢問：「女孩的父親呢？」
「幾年前在一場意外中身亡。」
秦洛眉梢多了一分了然，「讓我猜猜看，一旦這可憐的孩子死掉，叔父會繼承全部家產？」
「確實如此。」崔伯爵被問得有幾分狼狽，「我也知道其中有可疑之處，但是孩子的叔父堅持指證，村子也出現了許多流言，因此自發地舉行公開試驗，以分辨她究竟是不是魔女。」
秦洛露齒一笑，彷彿覺得十分有趣，「眞是令人好奇，他們是怎樣辨別的？」
崔伯爵尷尬地咳嗽，一時說不出口，隨同出去調查的威廉代爲回答：「試驗的方法是三十分鐘的焚燒，不死的就是魔女。」
修納的眼眸更黯了，氣息又寒了一分。
崔伯爵明顯地感受到壓力，「請閣下寬恕，我也曾屢屢訓誡，但村民頑固愚昧，極其無知，完全難以教化！」

秦洛給修納遞了個眼色，示意他緩和神色，而後和藹地拍了拍崔伯爵的肩，「親愛的伯爵，現在最好找出那個女孩。她是怎麼逃走的？眞是個聰明的孩子！」

「不是逃走……」崔伯爵擦了擦額頭的汗，對秦洛的解圍而感激萬分，「是被人救走的。村民視一個過路的女人爲魔女的同夥，她打倒阻止的男人，強行把孩子從柴堆上解下來帶走了。」

秦洛這次眞的生出了興趣，「一個過路的女人？」

威廉點點頭佐證，「村民是這麼說的，他們正準備大肆搜捕。」

修納森冷地下了命令：「去把人找出來，再將孩子的叔父扣起來，審訊清楚後，召集村民。」

崔伯爵一時沒能會意，「閣下是要……」

秦洛打斷他，善解人意地解惑：「親愛的伯爵，既然有幸碰上，我們也想見識一下這種有趣的鑒別試驗。」

崔伯爵一瞬間產生了某種錯覺。

微笑著的秦洛，猶如期待好戲上演的惡魔，慢條斯理地補充：「比如看一看那位指證親侄女的叔父……是不是被魔鬼附了身？」

奧薇用斗蓬覆住昏睡過去的孩子。

時間已經不多了，必須盡快回到沙珊，但眼下的情況很糟，遠征軍的到來令整個領地戒備嚴密，她對地形又很陌生，帶著一個孩子更增加穿越領地的難度，可明知如此，她依然無法容忍無辜的孩子被活活燒死。

她已經非常疲憊，卻無法休息，輕撫了下孩子亂蓬蓬的頭髮。髮上帶著刺鼻的煙味，細嫩的手指看得出曾受到母親的精心呵護，暈紅的腮上猶有淚痕，或許是刺激過度，孩子有點發燒。

第一次目睹這野蠻而暴虐的行徑，奧薇不知道能對孩子說什麼，又怎樣解釋這種因己而起的殘忍。

或許人們是對的，紅色的眼睛根本不該存在於西爾、存在於這個世界。

奧薇低頭看著孩子稚嫩的臉，長睫下的眼眸幽暗而悲涼，蒙上了層層陰霾。

威廉近衛官有點頭疼，他本以爲搜尋帶著孩子的女人，是椿極爲簡單的任務，現實卻粉碎了這一預期。

崔伯爵的衛兵三次搜查均無功而返，顯然對方比想像中更難纏，如果不是提前封閉了路口，恐怕早已脫離了領地。

修納計畫在崔伯爵的稜堡停留三天，威廉沒時間與一個無足輕重的女人捉迷藏，更不可能投入大量士兵去搜捕，陷入了相當尷尬的境地。

聽完報告，修納考慮了兩秒，替下屬解決了難題——

「在所有地方貼滿通告，宣佈明天早上審判孩子的叔父，她自己會把人送來的。」

村落的鐘響了。

崔伯爵領地所有村落的村民都被召集到稜堡門口，縱橫帝都政壇的司法大臣紆尊降貴，親自當眾審理一個微不足道的鄉紳。

儘管被指爲魔女的孩子缺席，但無礙審判，沒花多長時間，秦洛就成功讓男人招認了誣陷侄女以謀奪家產的惡行。

行刑的士兵將罪犯綁上臨時豎起的火刑柱，男人乞憐的號叫響徹山坡。執政官蹙了下眉，罪犯立刻被綁住嘴，尖利哀號猶如被利刃切斷，圍觀的人群死寂無聲。

帝國執政官環視著悚然無聲的村民，俊美的臉龐森冷無情。

「從今天起，帝國有一條新的法令——凡指證他人爲魔女，應當先通過同等試煉，證明自己不曾被魔鬼所惑，否則視爲誣告，領主將予以重刑懲處，絕不寬恕！」

凌厲的氣勢令人喘不過氣，場中沒有半點聲音，所有村民都低下了頭。

修納在一張高背軟椅上坐下，冷淡地命令：「現在，行刑。」

熊熊燃燒的火把扔上了柴堆，迅速引燃乾燥的木柴，激發出嗆人的煙味，火苗捲上了受刑者的腳，無法呼叫的罪人面目扭曲，透出無法形容的痛苦。

燒焦的味道越來越濃，圍觀的人群卻沒有慣常的歡呼興奮，無形的威壓懾住了情感，彷佛一幕怪異可怖的默劇。

不遠處的樹林裡，有人正注視著這邊。

火焰中扭動的人體異常怵目驚心，過去的回憶猶如夢魘重現，奧薇的臉色越來越蒼白，扶住一棵樹嘔吐起來，虛軟得幾乎站不住。

直到再也吐不出半點東西，冰冷的虛汗終於停止，一個得意中帶著威嚴的聲音在身後響起：「我想這次妳應該逃不掉了！請跟我到城堡一趟，女士。」

奧薇轉過身，看見了十餘名持槍的士兵，也認出了發話者的臉——曾經在執政官書房中給過她一拳的威廉近衛官。

同一時間，笑容在威廉臉上凝固，「是妳!?」

34 魔女

以撒愉快地微笑，在軟椅上調整了一個更舒適的姿勢，語氣優雅而略帶興奮：「親愛的奧薇，很高興再次見到妳，能解釋一下上次妳的不告而別嗎？」

奧薇低著頭，指尖輕輕觸了一下眼睫。眼睛彷彿有砂礫在一寸寸磨蹭，帶來粗糙的疼痛。

戴著晶石鏡片的時間太長了，可她無法摘下，四周全是敵人，一旦被發現這雙紅色的眼睛，等待她的將是滅頂之災！

「奧薇……」以撒語氣又增了一分輕謔，「我的耐心是有限的。」

這並不是眞的，朝思暮想的獵物意外地撞入懷中，好心情讓他有近乎無限的耐心。

眼前的女人輕抿著唇，神色蒼白而疲倦，似乎許久不曾好好休憩，睫下的青影給她小巧的臉龐添了幾絲脆弱，這讓他想起重見時，她眼瞳中乍然而驚的微亂。

威廉把她帶到城堡，立刻引起了重重疑惑。距離那場特赦僅僅數月之遙，一個有能力打倒村民、救下孩子，又躲過數度搜尋的好心人，顯然與貪婪侍女的形象相去甚遠。

如果他不曾阻止，等待她的將是嚴厲的審問，假如他揭破她的身分，今天的火刑會立刻重演一遍，所以不管從哪方面而言，她都該對他心懷感激。

對峙良久，她終於開口：「請原諒，當時我擔心我的家人因我背叛沙珊而受到牽連。」

以撒點點頭，「妳去看望家人？」

毫無疑問，這是謊言，她經神之光重生，那對母子不過是掩飾身分的道具，根本不可能對她構成羈絆。

以撒並不揭破，繼續這場遊戲：「他們還好嗎？」

「很好，謝謝您的關心。」

「那麼接著告訴我，妳怎麼會來到這？」

奧薇猶豫了一下，「我來這裡是爲……找您。」

「找我？」以撒唇角微牽，語調帶上了嘲諷，「爲什麼？」

「您答應帶我去里茲，」她知道這個理由很爛，「我在西爾已經沒有生存之地。」

「親愛的奧薇，妳認爲我是個傻瓜？」以撒笑起來，突然尖銳的譏諷，「妳根本沒想到我會跟隨遠征軍，收起妳那套拙劣的把戲，妳以爲妳對我還有任何價值可言？」

撕破了親切的假面具，她反而鬆了一口氣，「如果沒有價值，您已經把我交給執政府了。」

「等我找出妳究竟在隱藏什麼，我會的。」以撒指尖漫不經意地繞住她的一縷長髮，忽然用力一扯，逼得她踉蹌跌在他腳畔，「或許妳更喜歡酷刑？聽說西爾人對付魔女有許多方法，比如用鐵刷刷掉皮膚和肌肉；又比如把人綁在木輪上來回輾壓，直到腹部變成一張薄皮；還有令妳嘔吐的火刑，如果燒慢一點，可以讓妳清醒地感覺到自己被逐漸烤熟。」

奧薇的臉上沒有任何表情，一片漠然的空白，「這取決於您的意願。」

以撒存心打破這種平靜無波的反應，「假如妳求我，也許我會另行考慮。」

她將自己的頭髮一分分從他手上扯回，「我不認爲乞求對您有任何意義。」

看她第一次明顯的反抗，以撒卻笑了。

他早已厭倦表面順從的敷衍，終於逼到她撕下僞裝，顯露出沉默之下的桀驁鋒芒。

「妳想進入沙珊？」

奧薇沒有回答。

以撒聲調轉冷，「眞想死，我可以幫妳，不必非得死在林晰手上。」

奧薇沉默以對，既不解釋也不辯駁，仍是那樣難以解讀。

以撒看了很久，別有深意道：「既然後悔，當初又何必背叛？」

靜寂良久，她微微笑了一下，神色疲倦而蒼涼，「您想從我身上得到什麼？」

凝望著那一抹笑，以撒有一刻的失神。

想得到什麼？當然是神之火的能源技術，最好還有神之光。

他想在將她交給執政府前盡可能地探取資訊，想看透她眞實的面孔，卸去她一層層防衛，直達柔軟敏感的內心。

她是那樣神祕，又是那樣美麗聰慧，令他異常渴望，渴望她的眼眸閃現出柔情與依戀，渴望從靈魂上徹底征服。

突然意識到心底深藏的情緒，以撒怔住了。

「這件事有點奇怪……」仔細回憶之前的一幕，秦洛若有所思。

「那女人竟然是里茲暗諜，」威廉的感覺猶如被里茲人戲耍了一番，十分激憤，「當初眞該絞死她，而不是特赦！」

修納眉梢輕揚，「以撒很意外？」

「對。」秦洛脫口而出，「雖然認識，但以撒顯然沒有料到是她。」

威廉不解，「這代表什麼？她不是暗諜？」

「代表她不在以撒的控制之中。」秦洛已經想通了問題的關鍵，抽絲剝繭地分析，「她或許替以撒刺探過情報，後來卻脫離了掌握，我甚至懷疑她就是以撒手中那個刻有神之光印記的實驗體！」

修納氣息微沉，半晌才道：「有可能。」

威廉一時跟不上兩人跳躍的對話，「爲什麼？」

秦洛促狹一笑，「首先，她是個美人。」

威廉結舌，「這也算理由？」

「這絕對是條件之一。」秦洛莞爾，進一步解析，「其次是以撒之前的態度很可疑，按說新能源的技術交換是里茲人夢寐以求的，這筆買賣絕對划算，應該立刻簽訂協議施行，但以撒當時是怎麼說的？」

威廉頓時明白了幾分，「他說要等到沙珊行省戰役結束。」

「沒錯，這是最大的疑點。」秦洛終於正經起來，直指核心，「有兩種可能——他要盡可能從她身上榨取更多價值，或是人根本不在他手上。」

威廉恍悟，同時又難以置信，「如此重要的籌碼，以撒怎麼可能讓她脫離掌控？」

「他在試探前一定沒想到能換到如此寶貴的利益，既然那個女人能騙過近衛官和審訊者，從他手中逃脫也不是難事。」

「她確實非常狡猾！」威廉有些咬牙，「不過也很膽怯，連看火刑都會嚇得嘔吐，我很難相信她是合格的暗諜。」

修納眼眸掠過一絲波瀾，忽然幽暗下來。

「我們可以找個機會試探。」秦洛生出一個絕妙的念頭，「揭開謎底的方法很簡單，撕下衣服，看看她背上是否有刻印。」

輕浮無恥的建議令威廉張口結舌，半晌才擠出話語：「這恐怕會得罪里茲特使。」

秦洛不以爲意，「適當地製造一點意外，美人在軍人多的地方遇上騷擾十分平常，她目前的身分僅僅是隨侍，只要不出人命，以撒沒理由翻臉。」

威廉的正義感在掙扎，「這不合紳士的作為……」

「紳士原則可以為國事而更改。」秦洛異常邪惡地微笑，「別擔心，親愛的威廉，事後我們會嚴懲滋事者的。」

保守的威廉在貴族守則與國家利益之間搖擺，難以抉擇，禁不住望向修納。

修納沉默了一下，淡淡道：「挑個合適的人，做得乾淨一點，別讓里茲人抓住破綻。」

崔伯爵為了彌補歡迎宴上的失誤，挽回對領地治理不善的糟糕印象，傾盡全力籌辦送行晚宴，以博取修納的歡心。完美的宴會、完美的食物、完美的氣氛，沒有煞風景的美人，最挑剔的客人也找不出半點瑕疵。

崔伯爵絞盡腦汁地討好修納，與此同時，秦洛輕鬆地與以撒閒談，雙方都是社交高手，任一類話題都能聊得相當愉快。

以撒永遠能將恭維之辭說得妥貼自如，「我對執政官閣下十分欽佩，如此難得一見的傑出人物，眞是西爾之幸！」

「的確如此。」秦洛微笑，「以撒閣下也令人印象深刻，以您的才能，應該在里茲擔任更高的職位。」

「您過獎了！」

秦洛漫不經心地環視了一周，「宴會上怎麼不見那位勇敢的女士？崔伯爵似乎也向她發出了邀請。」

以撒道：「非常感激崔伯爵的好意，只是她身分低微，不習慣這樣高雅的場合。」

「請務必讓她來接受我的致意。」秦洛姿態誠懇，「身爲負有律法監督之職的大臣，她的所做所爲令我汗顏。」

「謝謝，我會代爲轉達您的讚譽。」

「她挽救了一位無辜者的生命，我必須向這種高尙的行爲致敬。」秦洛冠冕堂皇的請求，彬彬有禮的姿態下，隱伏著不容拒絕的強勢，「如果她有什麼難處，以至無法出席，我願意提供幫助。」

話已至此，以撒只能禮貌地應允，暗惱時念頭一轉，他又微笑起來。

或許這正是測試奧薇身分的良機！假如她眞是公爵小姐，面對曾經的未婚夫，再鎭定也不可能毫無破綻。

「能得到您的垂顧是她的榮幸，我這就讓她過來。」

秦洛似不經意地望了窗外一眼，「我非常期待！」

奧薇極力抑制內心的焦躁。

遠征軍離沙珊僅有一步之遙，她卻被以撒困住，這一失誤將導致全盤計畫失敗！

她必須盡速離開，但以撒顯然吸取了教訓，布下了縝密的防衛，將她拘禁在房中，動彈不得。就在她幾乎絕望的時候，接到了參與宴會的命令，儘管眼睛已疼痛難當，還是戴上了鏡片。

簡單的梳洗過後，她在侍女的指引下，邁向宴會會場。一路上，她記下道路，留心觀察之餘，突然生出一絲警惕。

侍女一直沒有說話，所走的路徑越來越冷僻，奧薇刻意放慢腳步，與她拉開一點距離，剛轉過一個拐角，危險的感覺猝然襲來。

她立即躍出長廊，幾乎同一時刻，黑暗的長廊前方現出兩個身影，洶洶追逐而來，唯一慶幸的是，對方沒有拔槍。

奧薇縱過矮籬，遁著花園小徑飛速奔逃，身後的追蹤者僅有一臂之遙，時刻威脅著她的意識。沿路竟然不見守衛，這足以說明襲擊者的幕後主使是誰。她飛快思索，始終想不出伏擊的原因。

宴會的笑語人聲隱隱傳入耳際，璀璨的華燈越來越近，前方猝然閃出一個人，儘管她極快地撂倒了對方，卻也遲滯了速度，身後敵人追上來，廝打成一團，黑暗讓她完全看不清敵人的臉。

奧薇挨了一拳，反應一滯，嘶啦一聲被撕裂了衣袖，纏鬥良久，體力漸漸不支，她以肩磅硬受一下重擊，換來機會摺倒其中一人，毫不猶豫地衝向宴會場。

她知道那裡有主謀，但以撒也在，他是此刻唯一能庇護她的人。

落地長窗內，燈火輝煌，歡暢的音樂隨風飄揚，映著窗內一對對浪漫起舞的貴族。眼看以撒已近在眼前，最後一個敵人卻撲上來，撞得她在地上滾了幾圈，險些昏厥。

壯碩的男人壓住她，幾乎拗斷了她的骨頭。奧薇艱難地呼吸，在衣襟被撕開前的一剎那，她突然間手臂一絞，用盡全力把敵人甩了出去。

這一擊的後果十分驚人，嘩啦一聲巨大的裂響，整扇落地窗化成了碎屑。

宴會中所有人都驚住了，目瞪口呆地看著一個被玻璃劃得滿頭鮮血的男人摔進來，當場昏迷。

人群轟地散開一個大圈，女士們失控的尖叫震耳欲聾。

「安靜！所有人退後！」修納冷肅威嚴的聲音響起，人群迅速冷靜下來。

畢竟這是以軍方上層爲主的宴會，場面很快地控制住了。

奧薇緩慢地從草地上支起身體，眼前一陣發黑。她微弱地咳了一下，用手背拭去唇角溢出的血，按住了破裂的衣領。

最後一擊讓她清晰地覺察，對方的用意不是殺人、不是強暴，而是要撕開她的衣服。忽然意識到背上的祕密，奧薇的神思變得冰冷飄忽，墜入了不可置信的深淵。

碎裂的長窗之內猶如另一個世界，室內的人都在向外看。

以撒望了奧薇一眼，臉色變得鐵青，走出來，脫下外衣披在她身上。怒火點燃了他的眼眸，氣勢凜然逼人：「修納閣下，我要一個解釋！」

秦洛蹲下去檢視著昏迷的男人，隨即起身道歉：「非常抱歉！這絕對是場意外，我不明白怎麼會發生，一定會徹底調查，給閣下一個交代。」

秦洛神情嚴肅，態度端正，但奧薇太瞭解這個男人，輕易窺出秦洛眉梢一絲輕微的懊惱。

她微微搖晃了一下，看向秦洛身後的人。

這位帝國的執政官沒有任何驚詫，他正低聲與崔伯爵交談，偶爾掃過的目光寒涼如水。

修納超然的鎮定讓宴會恢復了秩序，威廉指揮衛兵把昏迷者拖走，人們三三兩兩地交談，討論著這意外的插曲。

受傷的地方開始疼痛，那種劇烈的疼痛一直蔓延，爬進心口，令奧薇無法呼吸。她終於明白以撒想利用什麼，也明白了襲擊的因由。

這是一場蓄意安排的試探，神之光——被埋葬的永生之術，某個人想再次啟用！

她的耳邊已經聽不清以撒與秦洛的爭論，腳彷彿有自己的意志似地往前走。

以撒拉住她，「奧薇？」

她推開以撒的手，踉蹌地走進宴會廳，踩著一地碎裂的玻璃，直直走向人群中心。雜亂的議論聲停止了，一張張臉上流露出驚詫。

年輕女人的腳步有些踉蹌，男人的外套遮住了她破碎的衣裙，秀髮零亂地披散著，美麗的臉龐比死人更蒼白，額上印出了淡青色的脈，像一個半透明的幽靈，仰起頭盯著執政官。

修納停止交談，雕刻般的臉龐一無表情，低頭俯瞰著她，制止了護衛上前。

她怔怔地看他，兩人第一次離得那樣近，又是那樣遠。絕對的冷漠映在那雙深黑的眼眸裡，比休瓦的冰雪更寒冷。

她費盡力氣才控制住自己，聲音卻止不住地發抖：「魔女……您認爲該怎樣處置？」

突兀的問題讓修納不解，沒興趣多說，他冷冷地回答：「公開處決。」

「您相信……世上眞有魔女？」

修納蹙了一下眉，已經有絲不耐，「她必須死！」

崔伯爵覺得這個女人十分無禮，但執政官沒有驅趕，他也不敢僭越，紆尊降貴地在一旁補充：「無論眞假，魔女必須死，只有如此才能讓帝國的流言徹底消失，杜絕今天這一類悲劇。」

宴會場中一片寂靜，過了片刻，她忽然哽笑了一下。

沒有人能形容出那是怎樣一種笑，修納似乎怔住了，完全無法移開視線。

「您一定會……得償所願。」

她用盡全身的力氣說完，轉身離開了會場。

「奧薇！」顧不上爭執，以撒扔下秦洛，追出來拉住她，「妳還好嗎？」

她掙開手臂，幾步後再度被扯住，以撒側身將她壓在牆上，不容掙扎躲避，「究竟怎麼了？」

他知道她受了刺激，但一場突襲還不至於讓她神智錯亂，今晚她的反應很怪，讓人難以理解。

「奧薇，怎麼回事？」以撒強行扭過她的下頷。

夜燈的光映出了她的臉，以撒心跳漏了一拍，驚駭地鬆開了手，「奧薇，妳的眼睛……」

眼睛？

她的神智依然飄忽，習慣性地摸了一下臉頰，沾了一手的潮濕。她不記得自己有落淚……

以撒驚魂稍定，用指尖沾了一下，「妳的眼睛流血了！」

小巧的臉龐十分慘白，長長眼睫下，蜿蜒著兩行暗紅色的痕跡，看上去分外可怖，一瞬間，他幾乎以為魔女的傳說成真。

她遲鈍地眨了眨眼，視線中的一切，彷彿籠罩著一層暗色的紗，半晌後終於感覺到眼瞳傳來的痛楚，無力地按了按眼眸。

「鏡片……」

避開沿線的衛兵，以撒把奧薇扶回室內，看著她取下沾血的鏡片。

長久佩戴導致了可怕的後果，細微的血管呈現出鮮豔的紅，如蛛網般覆住了眼白，雙眼瀰漫著一片悚人的血紅，乍看竟找不出瞳孔，襯得她的雪色臉龐猶如魔女般妖魅。

受刺激而流出的眼淚漸漸變成淡紅，彷彿害怕光線，她用手遮住了眼。

「奧薇，」以撒半蹲在她身畔，拿下了她的手，聲音有些不確定，「妳還看得見嗎？」

她搖搖頭，「很模糊……」

「我去給妳找個醫生。」以撒剛要離開，被她抓住了手臂。

她仰起頭，很快又被燈光刺激得低下，「別去。」

以撒心頭湧起一股莫名的怒氣，用力把她按回軟椅，「知道妳現在是什麼樣子嗎？」

她沒有鬆開扣住他的手，反應淡漠，「沒有這個必要。」

以撒頓了一下，語氣轉冷：「不用擔心洩露出去，我會把事情處理乾淨。」

她當然清楚他會怎麼做，沒有勸說，只疲倦地回答：「這裡很難找到高明的醫生，更不是你的領地，惹出事情只會引來更多懷疑。」

他清楚她說的是事實，卻更煩躁，「妳最好把心思用在自己身上，說不定會變成瞎子！」

停了一刻，她輕道：「沒關係，或許這就是我的命運，誰在乎？」

不知道為什麼，以撒忽然感到一絲疼痛，他極輕地撫摸了一下長睫，半晌沒有說話，好一會兒才道：「我去給妳弄點藥。」

「威廉，你眞讓我失望！」秦洛重重地嘆了一口氣，「弄出這麼大的風波，竟然還是失敗，現在麻煩大了！」

威廉自知無話可說，「我很抱歉。」

「我實在無法相信，三個近衛隊的精英，竟然捉不住一個女人！」秦洛想起以撒言辭犀利的指責，對善後一事頗為頭疼，「這件事讓我懷疑近衛隊的實力，有必要重新訓練。」

威廉也無法置信，明明挑選了最強的幾人，結果卻讓他顏面無光，「我很慚愧……」

「經過這一次，以撒一定會非常警惕，恐怕沒機會再次下手。」事已至此，抱怨毫無意義，秦洛轉向長沙發上的男人，「修納，也許我們估計錯誤，根本與神之光無關，還記得她問的那兩句話嗎？我懷疑她跟沙珊的魔女有某種關聯。」

修納沒有說話，沉默到近似於發呆。

「修納？」秦洛有點詫異，「我想最好私下詳查。」

「暫時到此為止。」修納終於開口，並不參與評論，「明天你代我向以撒致歉，相信他不會再追究。」

以執政官的名義向一介外國特使致歉，規格上已足夠抵償。

由於一己之過，令帝國執政官名譽受損，威廉無地自容，「這次事件，我責無旁貸，請求降職處分！」

修納不置可否地道：「責罰等沙珊之戰結束後再議，你先下去。」

威廉無話可說，鞠躬退了出去。

秦洛打量著好友，隱約感到異樣，「你在想什麼？」

修納靜默了一刻，淡道：「即使她是個間諜，但用這種手段對付一個女人，確實過於卑鄙。」

秦洛不以爲然，「你幾時變成紳士？我不記得你曾被規則束縛。」

「她的眼睛很像伊蘭，還有神情……」修納一手覆住了眉眼，聲音有些恍惚。

秦洛怔了一下，「我怎麼一點都沒看出來？」

「也可能是我的錯覺。」太過相似的神情與回憶刹那重疊，幾乎凝結了血液。

「她死了，你還要多久才肯承認？」秦洛揉了揉眉心，明知無用，還是再次勸告，「我認爲你該正視現實，十年了，你該去再度戀愛，去擁抱女人，過正常男人的生活！」

修納沒有回答，半晌後，他張開手，凝視著虛空的掌心，「洛，你愛過人嗎？」

「如果你指的是把你弄成現在這樣的東西，我很慶幸我從未觸碰。」秦洛嘆了口氣，「找個女人試一次，你會發現重新愛一個人並不困難，又或者愛根本微不足道。」

修納思緒像在空中飄蕩，自言自語：「我感到一種無法抑制的空虛，沒什麼能讓它停止。每一天都繁瑣而無聊，桌上永遠堆滿待處理的檔案，爭奪利益的男人與膚淺的女人一樣乏味，外表光鮮的貴族被慾望引誘，比貧民窟的流氓更卑劣，還有那些愚昧可憐的民眾，他們受盡權力的蹂躪，又狂熱地崇拜權力……我眞羨慕你能從中得到樂趣。」

秦洛啞然，半晌後反問：「爲什麼你不能？你凌駕於權位之上，尊貴與榮耀集於一身，爲什麼偏偏被往事束縛？」

修納不再解釋，也無從解釋。

曾經，他也有過悸動和歡愉，沉醉於溫柔明亮的眼眸，沉醉於每次令人心動的微笑，沉醉於他以爲只是慾望的迷戀，直到失去時才發現那是愛。

那種奇妙而無形的物質存在於她的眉梢、她的眼眸、她的呼吸、她的靈魂，並隨著她的離去而化成囚牢，隔絕了一切歡悅。

十年前，馬車外那一聲比風更輕微的低語，永遠迴蕩在鮮明的昨日。

她的確給了他自由，卻拿走了他的心，而後，帶著它一起死去……

35 希望

宴會上的意外或許令秦洛生出了疑惑，但不等他詳令調查，奧薇已再度脫離了控制。

這或許得感謝可怕的眼傷，儘管看起來嚇人，但除了畏光之外，視力並沒有受過多影響，反而有助於讓以撒放鬆戒備。她趁隙出逃，在黎明前越過了哨卡。

晶石鏡片落在以撒手中，她也不再需要，沙珊已近在咫尺，她利用鮮爲人知的小徑日夜兼程，順利潛入了大戰前夕的行省。

沙珊的氣氛一片陰沉，儘管林晰封鎖了里茲撕毀盟約的消息，但帝國戰無不勝的軍神親征，數十萬大軍即將兵臨城下，依然令行省內的族人陷入了空前的恐懼。

維肯公爵歇斯底里的慌亂，想盡各種辦法，試圖在行省陷落前逃離。

局勢走到盡頭，林晰反而異常平靜，他安撫族人，整頓軍隊，督促工兵修整防線，極其冷靜地等待最終的決戰。瀰散在軍中的絕望被他的鎮定轉化爲悲壯，奧薇背叛而帶來的消極陰影漸漸消退，頹喪的軍隊重新激起了戰意。

作爲族長，林晰在最後的時刻顯出了最傑出的素質。他很少休息，幾乎所有時間都與軍隊和族人待在一起，直到深夜才回到住邸。數年來沉重的壓力，磨練出他絕佳的控制力，所以發現房間裡多了一個人影時，他沒有絲毫慌亂。

靜默維持了一瞬，窗邊的影子開口：「抱歉，只有這種方式我才有機會說話。」

輕悅的聲音入耳，林晰呼吸停了一刻，語調比冰雪更寒冷：「奧薇？妳回來做什麼？」

奧薇並不意外林晰的敵意，「有件事必須讓您知道。」

林晰禁不住冷笑。他曾經多麼信任她，信任到給她自由放她離開。可她回報了什麼？投靠以撒，投向他的敵人！

他很清楚行省這次再也守不住，不是因爲修納親征，而是因爲她出賣了所有防禦情報，她的行爲，把他變成了一個可悲的笑話！

他該殺了她，把她的頭掛在城牆前昭告執政軍，這是她應得的下場！

盯著窗幔邊的身影，林晰緩慢地應對：「要取我的頭還是勸我投降？執政府給了什麼條件，讓妳不惜冒死刺殺？」

她沒有回答，伸出了一隻手。

窗外的夜燈映亮了她白皙柔美的手，纖細的指間墜著皮繩，吊著一枚奇特的銅鑰匙，匙柄上的古老寶石閃著微光。

輕輕一拋，鑰匙落入了林晰手中，他掠了一眼：「妳又想玩什麼把戲？」

奧薇的臉隱沒在黑暗中，「三天後，沙珊海岸會有船隊抵達，他們會把族人送到西歐海岸的塔夏國。」

一句話攫住了林晰，壓下槍栓的手驀然停了。

「塔夏國地廣人稀，沿海有一塊豐饒的土地，它本屬於該國的白金公爵，最近慷慨地出讓給海岸對面的林氏。只要在決戰之前離開西爾，那裡通行便利，物產豐富，足以供十餘萬人生活，您可以帶領族人在那塊土地上重建家園。」

林晰驚怔了半晌，胸口怦然一動，又迅速按捺下來，聲音變得諷刺：「眞是美妙的遠景，一句話就讓十餘萬人渡海。既然白金公爵大方到出讓領地，想必也能再給一艘順利渡過暗流的方舟吧？」

奧薇沒有理會他的譏諷，「看看您手上那一枚鑰匙，它能在西歐大陸信用最好的迦南銀行提取三千萬金幣，我用一千五百萬買下公爵的領地，一千萬僱傭船隊，餘下的由您自行支配。三天後，船會靠岸，至少需要十個碼頭，請讓工兵營緊急搭建。」

林晰完全驚呆了，不可置信地盯著掌心的鑰匙，指尖微微顫抖起來，「這不可能！妳……」嗓子突然瘖啞，強烈的震愕令他乍然暈眩，竟不知該從何問起。

無需詢問，奧薇已經再度開口，低柔的語音帶著疲倦的微啞：「百年前，林氏家族第一代公爵在幫助皇帝踏上皇位之後，尊榮無以復加。有一次，他突然被噩夢驚醒，夢裡，他看見自己的家族被復仇者屠殺，後裔子孫血流成河，絕望地奔走哀號。

從那時起，他將財產分爲兩半，一部分留在領地，一部分祕密存入迦南銀行，約定以薔薇之匙爲憑。每一代林公爵都按照祖先的遺言履行同樣的義務，迦南銀行的地下金庫中封存著這筆巨額財富，承諾永不啓用，直到主人需要它的時刻。

與鑰匙同時誕生的，還有一張航海圖，足以打開沙珊封閉的海岸，顯露暗流礁石，讓林氏後裔乘著海船安然逃離。祕密被長久的埋藏，爲了避免突然事故造成的中斷，除了公爵本人外，唯有公爵夫人知曉，臨終前才告知下一任繼承者。先代公爵閣下一定也曾想告訴您這個祕密，只是陷身於休瓦之戰……」

林晰想起，當時他人在沙珊，與休瓦相去萬里。

「兩個月前，我偶然發現了這一祕密，在公爵府書房暗格內找到這把鑰匙，到西歐大陸的瓜達港以一百金幣運送一人的價格僱傭了海船王摩根。看在金幣的份上，他會召集所有能找到的船，盡可能運送最多的人。執政府的軍隊近在咫尺，時間已經不多了，請相信我！」

極度的震驚讓林晰久久無法開口，好不容易冷靜下來，理智又開始質疑起眞假。假如唯有族長洞悉這一祕密，沒理由會被一個外人得知！

「妳去帝都是爲了它？妳怎麼可能知道。」

「那是因爲多年前的一次巧合，時間久到我已經遺忘，直到數月前才想起來。」奧薇清楚這樣模糊的答案無法說服林晰，但她沒有解釋的力氣，「我投靠以撒是因爲尋找鑰匙的時候撞上了衛兵，需要他的力量掩護我逃過搜捕。請收好鑰匙，下令工兵營，我可以去監牢等候，直到證明一切。」

無數疑問塞在林晰的胸口，他還想再問，聽出她話中的疲倦，終是遲疑了一下，「我給妳找一個房間，等妳休息後再詳細說明。」

按亮晶燈，林晰正要呼喚門外的衛兵，奧薇抬手覆住眼，往窗幔深處縮了一下。

「奧薇？」

她輕搖了搖頭，示意無恙。

確定了不是僞裝，林晰走過去扶住她的肩，掌下感覺到突出的肩骨，她在數月間似乎瘦了許多。

不覺放輕了力道，林晰問道：「怎麼回事？」

「光線太刺眼！」她的雙眸已經閉上，「抱歉，我的眼睛受了一點傷，不適合被看見。」

扇羽般的長睫微微顫動，林晰心神一漾，又冷定下來，「讓我看看。」

「恐怕很難看。」她淡淡道，緩慢地睜開眼，「是一點磨傷造成的，我想我現在成了名符其實的魔女……」

林晰定定地看了一瞬，扣住她的手突然握緊，揚聲召喚衛兵：「來人，立刻去叫醫生！」

林晰沒有讓奧薇回到自己的房間，他們換了一間臥室，門外有衛兵看守。

變相的軟禁在預料之中，她並不在意，只對受到驚嚇的醫生稍感歉意。侍女不敢替她上藥，戰戰兢兢地鋪好床單，便逃出了房間。

她實在太累了，一頭栽倒在柔軟的床鋪上，便陷入了完全的睡眠，醒來時已是第二天的黃昏，夕陽被雲層遮擋，失去了耀眼的光芒，變成柔暖的暈黃。

洗漱過後，拉開窗幔，她遙望著遠方的海岸，幾段海堤被圍板遮擋，一些工兵正忙碌地搭建著。

林晰推門而入，他看上去與平時一樣，又似乎有些不同，清冷的眼神中，彷彿多了某種東西，「醒了？藥有沒有效？」

她習慣性地抬手輕按，卻被林晰制止：「醫生說不能碰！」

「我想沒關係。」奧薇想起另一個問題，「必須徹底封鎖消息，沙珊有許多里茲的暗諜，假如傳到遠征軍那裡，他們可能會提前攻擊！」

林晰鬆開了她的手腕，答非所問：「我並沒有徹底相信妳。」

奧薇淡道：「即使是欺騙，您也不會有什麼損失。」

她已經懶於編造故事，做完了該做的一切，此刻只剩下無法消褪的倦怠。

林晰凝視著她，目光複雜，「妳不想解釋？」

她搖了搖頭，懶懶地倚在窗邊，眺望著遠方的海天一線。

暮色逐漸沉下去，黑夜籠罩了大地。

「妳的眼睛是怎麼受傷的？」不知為何，林晰沒有再逼問，改換了話題。

她從漫無邊際的思緒中回過神，「改換瞳孔顏色的晶石鏡片，用的時間稍長了一點。」

「索倫公爵給妳的那種？」

顯然在她背叛的消息傳開後，索倫公爵告訴了林晰這一祕密，奧薇想了一想，「假如船到碼頭，能否答應我一個請求？」

林晰眉梢輕揚。

「讓索倫公爵和他的女兒芙蕾娜一同上船。」

或許沒想到她的要求是如此簡單，林晰的語氣有點怪：「只是這樣？」

長長的眼睫閃了一下，「還有凱希一家，請給予他們支持，讓他們在異地生活得舒適一點。」

「為什麼把鑰匙交給我？」靜了半晌，林晰終於問出來，眉間有深深的疑惑，「這是一筆驚人的財富，沒人知道它的存在，足以讓妳過上無盡奢華的生活。」

奧薇望了他一眼，「它屬於林氏家族，唯有族長有權支配。」

雖然清瘦了許多，她依然是那樣美麗，只是……似乎有什麼改變了她，那種堅韌隱忍的生命力消失了，她變得安靜消沉，像一座缺乏生氣的雕像。

林晰不清楚離開沙珊期間發生了什麼，他的心頭仍然盤繞著無數疑問，但，一股陌生的憐惜讓他不再追問，俯身在她形狀美好的額上落下一吻，聲音是罕見的柔和：「我不懂是什麼讓妳如此忠誠，但，我會給予忠誠對等的回報。」

兩天後，黃昏的海平線上出現了數以百計的船影。漸漸駛近的船帆猶如純白的希望之翼，降臨沙珊這座絕望之城。

林晰在接到報告後，飛速趕往碼頭，親眼看到龐大的海船輕靈地繞過暗礁，在浪花翻捲中緩緩靠岸。一艘接一艘船駛近，更多在近海等待，水手的吆喝聲在海面上迴蕩，海鳥在船邊追逐。

摩根帶著大副上了岸，林晰迎上去，身邊跟隨著一隊親衛。

精明的海船王摩根當然明白該與誰對話，他站在林晰面前，雙臂環胸環視了一周，語調昂然而驕傲：「你的女人說這裡需要船，我帶來了三百艘，夠嗎？」

片刻的絕對寂靜之後，岸上響起了狂熱至極的歡呼。

得到消息，奧薇放了下久懸的心，隨之而來的是無邊的疲倦。這種疲倦無法經睡眠消褪，彷彿從骨髓中透出來，無聲無息地侵蝕了靈魂。

遙望白色的海鳥，她長久地發呆。儘管禁令早已解除，卻依然不想走出房間，她知道自己的樣子有多可怕，送飯的侍女只敢把東西擱在門外，彷彿裡面關著猙獰的惡魔。

直至凱希到來，她才有一絲情緒起伏。

凱希見到她十分驚喜，也極度愕然，脫口驚呼：「天啊！妳的眼睛……」他很驚訝，卻不像其他人那樣駭怕，輕柔仔細地檢查籠罩著血色紅翳的眼眸，詳細詢問了晶石鏡片的使用後，道：「妳的眼睛傷得很厲害，但磨損似乎僅是誘因，更像是瞬間眼壓過大造成的微血管爆裂，是不是曾經用力過度或情緒激動？」

奧薇不想再回憶，「或許是……」

凱希皺起眉，有些憂慮。

她已經習慣垂落眼眸，以免過於嚇人，「沒關係，我不在乎能不能恢復。」

「別這麼說，我保證妳的眼睛會恢復如初，最多三個月時間就能痊癒。血色將逐漸淡化，一個月後，怕光的症狀就會消失，但以後使用鏡片，絕不能超過三小時。」

有大量研究經驗的凱希作出了比醫生更精確的判斷，但，他憂心的並不是病情。

「期間妳可能會碰上一些麻煩，或許有無知的人誤解……」

「謝謝你，凱希。」她終於微笑起來，灰寂的心湖漾起暖意。

單純的凱希，正直的凱希，敏感而體貼的凱希，讓奧薇覺得世上依然有真摯溫暖的情感。心頭忽然潮濕，她將頭倚在凱希肩上，半晌沒有說話。

凱希一動不動地任她倚靠，很快地，她抑住情緒，再度開口：「凱希，你願意去異國生活嗎？和你的家人一起。」

凱希神情憂鬱，「只要能和家人一起，在哪都無所謂，但這不可能，我們都知道，沙珊要完了。」

執政府的頑固反對派麥氏子爵的姻親會有什麼下場，凱希一清二楚。

「那麼乘船去塔夏國吧！我已經安排好了。」奧薇拿出一個盒子，打開來，裡面有十餘枚繡著薔薇族徽的布片，「這是從林氏軍服上剪下來的，把它縫在衣襟就能上船，林晰給了特別許可。盡快通知你的親人收拾行李，別帶太多東西。」

凱希茫然地接過，「這不可能，據說幾天前才有一艘來接維肯公爵的船在十幾海哩外沉了，暗流讓他們根本無法靠近。」

奧薇語氣安然：「或許我們比維肯幸運，船已經靠岸了。」

理智告訴凱希不可能，心卻禁不住跳動，「妳說的是眞的？眞的能逃離沙珊？」

她點了點頭，「但願神讓旅程順利。」

凱希失控地抱住她，激動得發顫，「伊蘭，我簡直不敢相信，妳又救了我，還救了我的家人！」

她輕撫了一下凱希的背，「沒有你，我已經不存在了。」

提起往事，凱希的聲音有些酸楚：「不，我沒能做好，我應該給妳換一具完好的身體，而不是因這雙眼睛讓妳受人非議。」

「你忘了是誰燒掉儲備區的？」她輕笑出來，多了一份自嘲，「全是我自作自受！」

那段封閉的過往是一個盤桓不去的謎題，凱希一直想問卻無法啓口，此刻他終於有了詢問的勇氣：「伊蘭，當年妳究竟爲什麼那樣做？」

她怔了怔，良久才回答：「或許因爲我是個瘋子。」

「怎麼可能！妳一向冷靜理智，根本不可能做半點瘋狂的事。」

她避重就輕地道：「凱希，你並不認識眞正的我。」

「伊蘭！」凱希不在意是否得到答案，卻不能接受摯友的自貶。

她沉默了一會兒，極淡地開口：「我的人生……長期被父親控制，無論受訓、入校、從軍或婚姻，甚至包括未來，全是出自於他的意願，表面上尊貴優越，實際一無所有。十年前燒掉C區，是我第一次按自己的心意行事。」

似乎道出心結的同時，又打開了某種禁忌，她不再隱藏，微微嘆息了一聲：「我的一切來自於他，我的一切毀滅於他。父親對我而言，比敵人更可怕，他總能洞悉我最軟弱的部分，毫不留情地施以懲罰。可我沒資格恨他，即使整個帝國的人對他恨之入骨，他依然是我父親。」

明明是平淡的敘述，凱希聽來卻覺無限悲涼。

她平靜地說下去：「到最後我很絕望，死亡成了一種解脫，結束前，我決定做一件正確的事。」

「所以妳毀掉了神之光？」

她停了一會才問：「凱希，你怨我嗎？如果不是我，或許你已經成爲帝國頂尖的科學家，享受著皇帝與貴族所給予的至高榮譽。」

凱希一怔，搖了搖頭，神情轉爲自慚，「伊蘭，妳是對的，神之光是惡魔的誘餌！直到妳提醒後我才發覺，我耗盡心力的研究是多麼可怕。我熱愛科學，可我所做的一切比劊子手更冷血，我看著生命在我眼前逝去卻無動於衷，一心關注研究資料，甚至因實驗體死亡太快而懊惱，完全忘了他們是活生生的人，有血有肉，與我一樣的人！」

不斷獲取知識的狂熱感染了他，習以爲常地剝奪一條條生命，不知不覺中變成了惡魔，還自以爲在追求夢想，爲世人謀求終極幸福。

「想起當年，我就難以入睡，無數次實驗，還有對實驗體的反覆刺激折磨，那些一度視爲理所當然的情景像噩夢一樣纏繞不去。我甚至不敢告訴家人，他們正直善良，根本無法想像我曾做過的惡行。」凱希越說越自責，沉重的語調漸漸帶上了哽咽，「伊蘭，我有罪，而且罪不可恕！」

「那麼我與你同罪……」她纖細的手握住凱希的，鮮紅的眼眸理解而溫暖，「正是因爲這些過錯，你才能救了我的命！」

她的話語彷彿有種魔力，將他從長久的枷鎖中釋放，奇異地帶來安慰。

凱希驀然垂下頭，雙手摀住了臉。

許久後，他抬起頭，眼眶潮濕而發紅，神情卻輕鬆了許多。接過遞來的手帕擦了擦眼，他沙啞道：「謝謝妳，伊蘭，有妳在眞好！」

她想了一下，而後詢問：「凱希，現在依然有人希望得到神之光技術，假如你願意，名利和財富將唾手可得。你願爲他們工作嗎？」

凱希眼神詫異，本能地抗拒：「不，正如妳所說，它根本不該存在，我唯一該做的是讓它徹底埋葬。至於名利和財富，那種東西我已經不在乎。」

她贊許地看著他，「凱希，我眞爲你驕傲！」

面對好友的讚美，凱希有一絲忸怩。

「去塔夏國，和林氏一族共同生活，別離開軍隊的保護。」既然以撒已經發現她背上的刻印，事情有可能會牽連到凱希，她愼重地叮囑，「別對任何人提起神之光，尤其要小心里茲人，假如有事，立刻去找林晰。」

凱希聽得很認眞，「伊蘭，妳會一起走，對嗎？」

她不置可否。

她不可能留在西爾，卻又對一切疲憊厭倦，更不願再思考孤獨渺遠的未來。

或許是她的神情洩露了某種情緒，凱希觀察良久，猶豫了一刻，「伊蘭，或許這時候提很奇怪……妳願意和我一起生活嗎？」他顯得有些羞怯無措，補充道：「我是說……我在向妳求婚。」

奧薇的思緒有一剎那空白，錯愕地睜大了眼睛。

凱希立刻漲紅了臉，「對不起！這麼說可能很奇怪，我想我大概不會再愛人，可……我想照顧妳。」

他的神色微微黯下來，爲自己的無力而難過，「當年我什麼也不知道，在妳最絕望的時候沒有幫上任何忙，現在也是，我看著妳被人非議，卻什麼也做不了。但我想讓妳知道，即使全世界的人都誤解妳，我卻明白妳有多好，我會永遠支持妳、陪伴妳。雖然我沒什麼能力，又比較遲鈍，或許對妳來說還老了一點，可我會學著做一個好丈夫。」

聽著凱希結結巴巴的解釋，一股莫名的感動與哀傷混合，瀰漫了奧薇平靜的心湖。

凱希的求婚無關愛情，卻更彌足珍貴！

凝視著奧薇的眼眸，凱希斯文的臉龐通紅，鼓起勇氣把話說完：「妳不用立即回答，我知道這很突然，但假如妳願意……我會盡力讓妳幸福！」

意外的求婚讓奧薇產生了一絲不確定，凱希是個性格柔和的好人，她幾乎可以看見未來的生活。與他在一起不會有任何波瀾，沒有愛也沒有傷害，如一對彼此熟知的摯友，日子平穩舒適，每一天都寧靜無比。

這曾是她夢想的生活，簡單微小，卻以爲永遠不可能實現。

她不由自主地想像著娜塔莉會怎麼看這件事，答案很清楚，娜塔莉不會責怪，她是那樣大方灑脫的女孩，只會爲他們高興。

那麼……應該答應嗎？

答應嫁給凱希，建立一個家，成爲他的妻子，爲他生兒育女……

似乎有什麼東西讓她遲遲無法下決定，直到凱希一家已經登船遠去，她依然沒有答案。

三百艘船帶來了生的希望，也帶來了巨大的挑戰。

海船王名下的船僅占四分之一，其餘全是重金招募而來，摩根從蜂擁而至的報名者中篩選出船體較大、船長和水手又富有遠航經驗的加入編隊，幾乎囊括了西歐海上所有大型船隻。

這或許是有史以來最大規模的撤退，狹長的海岸線是唯一的生機，逾十萬人必須在短時間內從臨時搶築的碼頭登船，同時嚴密控制消息，絕不亞於一場戰爭。

林晰精神極度亢奮，命令卻益加謹慎，精確到每一個細節。

他徹底實施軍事管制，阻斷了暗諜消息外傳的通道，又命所有航船報上最大可載人數，由摩根調配，依次入港，裝載淡水和物資補給。

與此同時，林氏家族所有族人被告知準備最簡單的行裝，絕不能超過規定重量，在嚴格的審核下登船，林氏最精銳的部隊全程監控，以鐵腕和軍令保證秩序。

第一天動作緩慢，只撤出了幾千人，其後隨著經驗增加，以及工兵營的繼續拓建，速度有了明顯提升。

林晰知道，時間不多了，再一週就要進入深秋，濃霧會阻礙航行，此刻的每一分鐘都無比珍貴。

一艘滿載的船緩緩駛離，甲板上有許多人在哭泣，哭聲中既有告別故國的傷感，又有死裡逃生的慶幸，但無論如何眷戀不捨，聲音終究越來越遠，消失在廣漠的海洋。

緊張的登船延續到第六日，駐留的人越來越少，婦孺和平民全部撤離，隨後輪到軍隊。

消息終於傳到了遠征軍一方，帳簾一下被甩開，威廉焦急地打斷了高層會議：「閣下，有件事必須立刻向您報告！」

修納微一示意，其他軍官立刻退出營帳，只留下秦洛和達雷將軍。

「沙珊的暗諜傳出消息，說行省裡的人在全面撤退，已經走了一大半。」

總攻在即，敵人卻逃了，聽起來如同天方夜譚。

秦洛訝然質問：「四面包圍，他們往哪裡退？」

「海上！」威廉額頭滲汗，說出的消息自己也難以置信，「傳言說，魔女召喚了風，避過暗流，送來成千上萬艘船，數以萬計的人，幾天內已經分批離開西爾。」

這完全超乎常理，秦洛本能地駁斥：「荒謬！這絕不可能！」

「據稱，她數月前自行省失蹤，近幾天又突然出現。有人說，她的眼睛變得極其可怕，懷疑是與惡魔作了交易。」威廉對荒誕不經的傳言持保留態度，但行省的人似乎對此深信不疑，「這些都在其次，叛軍撤離絕對是事實，暗諜說，現在稜堡內的守軍全是傭兵，林氏軍隊收縮至碼頭一帶，隨時準備登船。」

「暗諜的情報確定可靠？」

「絕對可靠，我收到了同樣的消息。」帳外傳來以撒聲音，修納蹙了一下眉，命令衛兵放行。

以撒顯然同樣是這時才得到訊息，「我的密探說，林晰原本準備決戰，突然急令修整碼頭，重兵封鎖了海岸線，而後來了數百艘船，沒多久便開始大規模撤離。消息傳出的時候，林氏一族的聚居區全空了。」

以撒在沙珊暗諜無數，既然如此肯定，必定已確鑿無疑。

修納依然沒有表情，聲音極爲冰冷，「達雷，你見過魔女，她到底是什麼人？」

「只是個漂亮的娘兒們。」達雷簡直被這突然的變化驚呆了，喃喃地回答，「除了眼睛奇怪之外，沒什麼特別，假如不是在戰場，看起來根本毫無威脅。」

毫無威脅？秦洛嗤笑了一聲：「事實上，這娘兒們不停地給我們惹麻煩！」

修納對帳中各人的疑慮與牢騷置之不理，直問達雷：「軍隊準備如何？」

達雷乾脆俐落地回答：「全體整頓完畢，武器彈藥均已就位。」

「立即進攻！」修納語氣陰冷，只有秦洛才能察覺到其中潛藏的怒焰，「通知傳令官，捉到維肯公爵獎賞一萬金幣，魔女與公爵等價！」

「是！」

軍號尖利地吹響，執政軍發動了攻擊，厚重的雲層壓在稜堡上方，被轟鳴的炮火映得忽明忽暗。

以撒一言不發，掌心一張字條已經被他搓揉成一團。

那是拉斐爾前一刻遞來的密報，僅有幾行短短的小字——

凱希，出身沒落貴族世家，就學於皇家軍事學院，後入帝國研究院，分派至休瓦研究中心，參與神之光專案，基地失火後調離，曾為林伊蘭摯友。

最後的答案終於揭曉，比他所預料的更驚人。誰會想到，那個單純懦弱的男人，竟是神之光的核心研究者！

奧薇便是林伊蘭，這位被祕密處決的公爵小姐，必是經摯友之手重生。

據稱，神之光與神之火同源，那麼凱希對神之火的奧祕……懊怒和惱恨盤旋在心頭，以撒久久難以釋懷。他竟與如此重要的人物擦肩而過，假如一早將凱希擄至里茲，根本不必再費盡心機與修納交易！

奧薇……不，該稱爲林伊蘭，她將這位摯友藏得太好，也將自己埋藏極深。

在掀開迷霧後，一切謎題都有了完美解答。那虛假的投誠、沉默的僞裝、周旋在帝都時的一切，以及她不顧眼傷，千方百計地回到沙珊，一定與那些突如其來的船有關！

以撒眼眸幽沉，聲音極低，唯有身後的拉斐爾聽得分明。

「傳令所有暗諜，全力搜索奧薇和凱希，不擇手段、不惜代價地捉住這兩人，別讓執政府發現。」

以撒心底明白，這項命令下得太晚，幾乎不可能實現。那個聰明到令人切齒的女人，恐怕已與凱希一道，遠逝於無垠的海上！

36 宿命

趁周邊的傭兵拖延時間，又有三艘船駛離碼頭，撤離已近尾聲。

最後一艘堅固龐大的海船隨時準備起航，遠處炮聲隆隆，大敵壓境，士兵們依然維持著佇列，井然有序地登船。

林氏族長乘最後一艘船撤離，這一點出乎摩根的意料，也讓他多了一絲尊敬。

極少見到生死關頭仍然鎮定履行責任的貴族，加上這樣一支鐵血軍隊，就算在陌生的土地，林氏依然足以強勢一方。

士兵佇列安靜地前移，奧薇在甲板上默默凝望。

這是林氏在西爾最後的謝幕，或許也是她最後一次望見故土。這塊土地承載過所有的愛恨，都將隨之而逝。

她昔日的愛人將掃平宿敵，帶著輝煌與榮譽成爲帝國史上的傳奇。閃亮的銅像會豎立在帝都大街，俯視著每一個路人，生平事蹟被載入典籍，由人敬畏而崇拜地提起。

他永遠不會知道，有人曾經遙遠地凝視……

「奧薇，」衣袖被牽動了一下，芙蕾娜擔憂地望著她，「妳看起來像是快要哭了。」

她神情恍惚，垂睫看著依偎在身邊的女孩。

「妳在傷心？爲什麼？」芙蕾娜滿心疑惑，「能逃走妳不高興嗎？」

奧薇無法回答，也不知該如何平息胸口湧動的哀傷。

見她血紅的暗眸中彷彿有一絲晶瑩的淚意，芙蕾娜驚訝地睜大眼，剛要開口，突然被人按住肩。

索倫公爵走到她身後，「芙蕾娜，船弦上很危險，妳先去房裡休息。」

芙蕾娜想說什麼，但索倫的話語中帶著命令，她只好怏怏地走回船艙。

深沉的索倫神色變得溫和，眞誠地致謝：「謝謝妳說服林晰，讓我和芙蕾娜上船。」

奧薇不想說話，只點了一下頭。

索倫微感詫異，「妳臉色很糟，哪裡不舒服嗎？」

蒼白的清顏看來有幾分脆弱，她隨手撫平一縷海風吹亂的長髮，「不，只是有點傷感。」

索倫瞥了眼正與摩根交談的林晰，略一沉吟，「奧薇，到了塔夏國，妳想做什麼？」

這個問題令她茫然，長長的睫毛垂落，她半晌沒有回答。

「如果……」索倫話語停頓了一刻，盯住她的眼，「我提出求婚，妳會答應嗎？」

她又怔住了，抬起眼看著他。

索倫是何等精明，立刻洞悉了答案，「看來妳打算拒絕。」

她蹙了蹙眉，「我不明白，您是在開玩笑嗎？」

「奧薇，妳有一種特殊的吸引力。妳非常神祕、聰明隱忍，表面順從、內心自我，骨子裡又有一種天生的驕傲。妳身上有許多矛盾的地方，又是如此美麗，假如我還是伊頓城主，會不擇手段地征服妳。」與凱希求婚時的羞澀不同，索倫顯得冷靜而清晰。

「您很坦誠，但我與爵爺身分懸殊，我不認爲您會疏忽這一點。」

即使索倫公爵正處於逃亡之中，仍然是平民不可企及的存在，再心動也不可能忘形地向身分卑微的女人求婚。

「我已經不是公爵，儘管還有相當充裕的金錢，不過妳根本不會在意。」索倫自嘲一笑，清楚她不會被淺薄的示愛打動，索性坦然直言，「我承認不僅是如此，妳的能力與優秀更令人重視。還有，芙蕾娜很喜歡妳，而妳對她細緻溫柔、極盡耐心。一位美人能同時吸引我和芙蕾娜，求婚當然是唯一選擇。」

她恍然了悟，極淡地一笑，行了個優雅的屈膝禮，乾脆俐落地回絕：「您的求婚令我倍感榮幸，但很抱歉，我無法接受。」

縱然已有預料，索倫心底仍感到悵然失落。他臉上不露分毫，執起纖手輕輕一吻，極具風度地回答：「我深感遺憾，但不會就此放棄，期待未來的航行中妳能改變主意。」

「奧薇！」

她循著聲音望去，林晰對她伸出手，半命令似地開口：「到這邊來！」

索倫清楚唯一的機會已不復存在，按下一絲微黯，轉身走回艙內。

逆光下看不清林晰的臉，但聲音聽來似乎有些不悅，她走到他身邊，最後一個士兵已經登上了艦橋，水手們正絞起鏈錨，遠處的槍聲稀落下來，顯然傭兵已經在執政軍強大的攻勢前放棄了抵抗。

忽然，一聲可怖的炸響傳來，大地搖晃，黑沉沉的遠方，亮起了一片火光。

屹立於沙珊行省百年之久，林氏家族傾數代之力築成的稜堡轟然崩塌，化爲一片熾熱的火海。林伊蘭怔怔地凝視著熊熊燃燒的火焰，林晰卻放聲大笑起來。

「沒有林氏的沙珊只配成爲廢墟，讓修納見鬼去吧！」

熱風捲裹著濃煙飄來，林伊蘭彷彿墮入了一個破碎的夢境。

眼前的大火或許只是錯覺，那座承載了無數回憶和歷史的堡壘或許依然聳立，並沒有被林晰留下的死士引爆摧毀。

林晰點點頭，摩根揚聲一喝，精壯的水手斬斷粗索，呼拉一聲落下了帆，風鼓起了巨大的白帆，沉重的船身吱嘎移動。

遠處的火光越來越盛，喧嚷聲漸漸變大，敵人已經繞過了坍塌的稜堡，越來越靠近碼頭。

海流和風托起了巨船，輕捷地駛向海上，摩根大笑起來，笑聲充滿了得意。

他的確有理由自豪，數日之內運出十萬人，讓戰神般的執政官兵臨城下卻一無所獲，成就足以驕人。經此一役，他的聲名將遠揚七海，無人能夠超越！

冰冷的海風拂面，林晰心情極佳，「維肯此時一定很激動，綁在空地上吹了那麼久的風，終於等到執政軍把他放下來。」

林伊蘭再度怔住。沒有維肯的金錢，沙珊必然無法支持到現在，沒想到林晰竟然沒讓他上船。

覺察到她的驚訝，林晰冷冷一笑，語氣森寒：「我早就受夠這個愚蠢傲慢的混帳，正好把他丟給修納，聽說那傢伙極其痛恨維肯，想必會給予他超乎想像的接待！」

他俊秀的臉龐陰冷而無情，讓她的指尖微微發冷，不由自主地轉開頭。

「奧薇，妳會一直在我身邊嗎？」林晰低頭看著她，不動聲色地扣住她，「一直支持我、陪伴我？」

黑暗的眼神似曾相識，加上三年間歷練出的氣勢，醸成一股逼人的壓迫感。

這個人能果斷地摧毀世代相傳的稜堡，埋葬數百名仍在爲他戰鬥的傭兵，再也不是十年前那個青澀少年。

「做我的女人吧！」林晰手一緊，逼得她抬頭，「我不在乎妳的眞實年齡，只要妳在我身邊。或許因爲身分，妳無法成爲我的妻子，但一定是我最信任的人！」

這不是詢問，是命令。他的姿態強勢威嚴，完全不容拒絕。在理智反應過來之前，她已經掙開他的手，退到了數步之外。

林晰有些意外，「奧薇？」

她的腦子一片混亂，一手扶住船欄，耳邊似乎有聲音在叫喊。林晰蹙起眉，剛要再說，一聲更清晰的喊聲傳入了兩人耳際——

「奧薇！」

數十米外的碼頭上有一個男人正隨船奔跑，揮舞著火把，嘶吼般狂叫：「艾利被捉住了，關進了審判所！他進了審判所！」

儘管夜色極暗，奧薇仍然一眼就認出來，那是鍾斯。她全身的血液都凝結了，不顧一切地傾身過去。

林晰抓住她，用力把她拖離船欄，斥責聲聽來十分遙遠：「清醒點！他們根本不是妳眞正的親人，妳不需要在意那個傻瓜的死活！」

艾利一定害怕極了，爲什麼他會被捉？他有鍾斯保護、他只是單純的平民，爲什麼會……

聽見鍾斯聲嘶力竭的叫喊，林晰冷靜的面具終於破裂，「是，我當時以爲妳背叛了我，把他們的資訊透露給執政府，反正他們並不是你的血親。」

林晰掌心冒汗，更用力地扣住她，突然生出後悔，「這無關緊要，不用理會，就算回去，妳也救不了他。看看妳的眼睛變成什麼樣子，留在西爾只會白白送死！」

「奧薇……」鍾斯的聲音啞了，彎下腰，急促地喘息。他再也無能爲力，只能眼睜睜地看船漸行漸遠。

風中傳來敵人雜沓的腳步聲，奧薇閉了一下眼，極輕地回答：「他們確實不是我的親人，可……」她的聲音哽住了，冰冷的指尖撫了一下林晰襟上的薔薇族徽，第一次直呼他的名字：「林晰，你很優秀，他確實沒有選錯人，我知道他會為你而驕傲。你會成為林氏最好的族長，帶領族人在另一片大陸生存下去……你已經不需要我。」

林晰僵住了，一些凌亂的片段如閃電般劃過，讓他失去了反應。

她再也沒有說一個字，掙開他的控制，從高高的船弦一躍而下。

一聲墜響從黑沉沉的海面傳出，林晰痙攣地握緊船欄，頭腦一陣暈眩。

那個自卑倔強的少年又回來了，他張了張嘴，呻吟般地喃喃：「伊蘭……伊蘭表姊……」

黑暗的海面唯有潮水的輕響，沉沉的夜色遮沒了視野。

他不知道自己想做什麼，卻無法停止發瘋般的叫喊：「伊蘭表姊，回來！他們會殺了妳……」

沒人清楚奧薇為什麼跳海，也沒人明白林公爵為什麼會叫出那個名字，隨侍的近衛緊緊拖住他，以免激動的他失控落海。人們面面相覷，驚慌而不知所措。

摩根大步走過來，皺眉看了片刻後，一拳讓林晰昏了過去。

忠心的護衛隊長厲聲斥喝，林氏衛隊齊刷刷拔槍，摩根的水手同樣驃悍，不甘示弱地抄起武器，緊繃的氣氛一觸即發。

「把你們的族長扔進船艙睡一覺，槍收起來，看在金幣的份上，我不希望出什麼意外！」摩根不爲所動，狠戾的目光一掠，語中煞氣畢露，「這條船上只有我能發號施令，誰敢亂揮槍管，我就把他扔進海裡餵鯊魚！」

對峙了一刻，雙方決定克制，忠心的護衛將昏迷的林晰扶進了船艙。

大副湊近詢問：「船長，現在怎麼辦？要不要停下把那女人撈上來？這會不會影響交易結果？」

「說什麼蠢話！西爾人的重型火炮可不是鬧著玩的，沒聽見他們已經到碼頭了？」摩根冷哼，望著海岸，煩躁地低咒了一句：「就算掉下去的是我，船也得朝前開！」

坍塌的稜堡仍在燃燒，滾滾的濃煙，籠罩了整個行省。

這塊空蕩蕩的領地上遍佈著執政軍的士兵，但依然有兩個人藉著濃煙的遮蔽躲過了全面搜查，悄然逃入了某間地下密室。

這座不爲人知的密室上方是最普通的村宅，地下卻有幾個隱蔽的房間，藏有可供多日的食物及淡酒，更有窺視孔觀察外界的動靜，設計得極其隱密。

深秋的夜晚很冷，幸好密室裡儲備有衣物、被褥。奧薇在另一間房換上乾燥的衣服，點亮一盞遮光的晶燈，端著走回來，微弱的黃光映著她的臉龐，遮蓋了寒冷導致的蒼白。

鍾斯正在狼吞虎嚥地吃東西，連日奔馳讓他的體力降到最低點，直到又乾掉一瓶淡酒，他終於有餘暇說話，緊擰的眉毛顯得十分凶惡，「妳到底是誰？」

奧薇正擰開淡酒頑固的瓶蓋，似乎沒聽見質問。

鍾斯緊緊盯著她，目光疑惑而銳利，「我曾經有個下屬，極度聰明又極度愚蠢，直到她幹了足以把自己送進地獄的事，我才知道她竟然是一位公爵小姐。」

封閉的密室靜謐無聲，鍾斯低沉地道：「她是林晰的表姊，如果不是那次意外，她應該接替林將軍成爲族長。告訴我，爲什麼林晰會對著妳叫她的名字？」

良久，低垂的長睫抬起來，鮮紅色的眼眸閃了一下，「很高興您還記得我，鍾斯中尉。」

鍾斯褐色的臉膛因震愕而僵滯。

她找出兩個酒杯，擦去灰塵，倒上淡酒，平靜地將其中一杯推給他，「十年了，我一直想感謝您當年的照顧。」

鍾斯的每一條皺紋都寫滿了驚疑，「妳是……林伊蘭？」

「您不是已經猜到了？」

「這不可能！」

淡酒驅走了寒氣，也讓她的情緒更加安定，「沒多少人知道我還活著，現在又多了一個您。」

「妳的臉……」鍾斯重新仔細地打量，而後搖頭，「不，妳和她根本是兩個人！」從長相到身高，從體態到頭髮再到瞳孔的顏色，完全找不出共同點，唯一相似的，或許是性情與實力。

「您大概不知道，在您服役多年的休瓦基地藏著一個祕密……」她以最簡單的描述解釋了神之光，「槍決之後，朋友替我更換了軀體，重生爲現在的模樣。這件事太複雜，又牽涉了太多祕密，請原諒我的隱瞞。」

隨著傾聽，鍾斯臉上變幻了無數種神情，最終是一片恍悟後的釋然。

「難怪……」鍾斯沒有再說下去，猛灌了一口酒。

她推開酒杯，扯起一方絨毯覆住肩臂，將談話從過去切入現實：「現在請詳細說明艾利是怎麼回事。」

「是我的錯，妳信守承諾，拯救了所有人，我卻沒看好他。」鍾斯粗礪的臉龐露出自責，開始了述說。

在分別之後，他趕往拉法城，很快找到在偏遠的村落棲身的母子二人。他偷偷潛入，在信件的幫助下取得了這對母子的信任，藉著暗夜掩護，帶著兩人逃脫監控，在另一個城市安頓下來。

選擇城市是爲了利於隱藏，但卻帶來了另一個麻煩。

與消息閉塞的村落不同，城市中鋪天蓋地的魔女流言讓艾利疑慮重重，一次，他在酒吧與人口角，引起旁人注意，又讓城市警備隊獲知了眞實姓名，立刻被視爲重犯羈押。

鍾斯只來得及護住莎拉逃到安全地點，將她安頓妥當後，他一路追趕押送艾利的隊伍，卻始終找不到機會下手，眼睜睜看他被送入帝都戒備森嚴的審判所。他只能潛回沙珊尋找她一同解救，卻看見一座空城，最後他捉住一個傭兵探問，於千鈞一髮之時趕到碼頭。

話到尾聲，鍾斯變得遲疑。儘管她跳下船游了回來，但獲悉了她的眞實身分之後，他不確定昔日的公爵小姐，是否願意冒險營救全無血緣關係的艾利。

聽完一切，奧薇沉默地思考，美麗的臉龐看不出任何痕跡。

鍾斯忍不住問：「妳會救他嗎？」

她看了他一眼，忽然心緒一動，「你很關心艾利？」

鍾斯啞然，半晌後才道：「是莎拉很擔心。」

一線微妙的氣息讓她覺出了意趣，「你擔心莎拉？」

鍾斯迴避著她敏銳的目光，掩飾性地咳了一聲，耳根隱約發燙。

端詳著鍾斯前所未有的窘態，她柔美的唇角漾起了微微的笑，「莎拉是個好女人，我一直覺得該有個好男人照料她。」

假如鍾斯愛上莎拉，絕對是個驚喜。

他們年齡相當，又經歷過長久的獨身生活。莎拉的細緻體貼會給鍾斯最溫暖的照料；強悍的鍾斯也會是莎拉最理想的依靠。

單純的艾利一定會為母親高興，毫無疑問，這將是一個完美家庭。

鍾斯有些狼狽，語氣粗硬地分辯：「我只是照約定盡保護的義務，莎拉眼睛不好，離開之前她一直哭，我……」

他只是不忍心看那個好性情的蠢小子上絞架，只是不想替他補衣服又擅做一手好菜的女人流淚，只是回報一下他們對他的關心照顧……當然，或許他還有點喜歡那種安寧愉快的生活，僅是如此而已。

鍾斯發現解釋只讓奧薇的微笑加深後，他選擇閉上嘴，幸好在極深的膚色下看不出臉紅。

認識鍾斯已經有十年了，奧薇很清楚他是個不擅表露溫情的男人，他肯為艾利冒險奔走，牽掛憂慮，顯然是對莎拉有了感情，這是鐵灰色的生活中，唯一讓她覺得溫暖的消息。

她斂起笑，語調十分輕柔，「我眞為你們高興。」

矯飾在她面前毫無意義，鍾斯索性拋開尷尬，直問：「妳會救他嗎？」

禁衛重重的審判所已令他束手無策，唯有寄望於她能想出辦法。她能守住沙珊三年，更能把十萬人撤出行省……

「當然。」她笑了笑，給了令鍾斯安心的回答，「我不會再讓莎拉失去唯一的兒子，等搜查減緩之後，我們就去帝都。」

鍾斯終於放下久懸的心，沒過多久，便被疲憊拖入了夢鄉。

奧薇替昏睡的鍾斯蓋上一張毯子，隨手熄滅了晶燈，不疾不徐地盤算著救人的細節，心底異常平靜。

或許這是神的旨意，一切都將在這片土地上結束。

威廉近衛官的夫人西希莉亞是一位受人敬重的女性。

她溫婉善良，又擁有親和甜美的魅力，不僅擄獲了丈夫的心，更贏得許多朋友的熱愛，侍女們都以服侍她為榮。

日子到了西爾一年一度的朔月節，剛剛結束沙珊之戰回到帝都的威廉近衛官忙碌不堪，節日仍待在議政廳，威廉夫人只能獨自打發丈夫歸家前的時光。

除了臥室，她最喜愛宅邸中的茶廳，這裡環境高雅，陽光明亮，窗外枝葉繁茂的波斯菊正當季，自然的美景配上精緻的點心、銀光晶亮的茶具，足以喚起人所能感受到最美好的情感。

西希莉亞埋頭於一本生動有趣的小說，正讀得津津有味，突然四周暗了下來，一個侍女拉上了深綠色的垂幔。

顯然這是一個新來的侍女，不懂美景與陽光的重要。

西希莉亞沒有在意，隨口道：「別拉上簾子。」

侍女似乎沒聽見，直到把所有長窗遮住才停下，屋裡陡然變得幽暗，彷彿隔成了另一個世界。

西希莉亞有些不快，正巧她的隨身侍女端著果盤走入，一見屋內的情景，立即驚訝地叫起來：「妳這蠢女人做了什麼？沒聽說過茶廳的窗簾從不閉合嗎？妳是從哪來的？」

儘管受到斥責，闖禍的侍女也沒有顯出任何驚慌之態，她從容不迫地轉過身，「抱歉，我需要拉上它。」

陌生的侍女容貌極美，柔弱動人，卻擁有一對惡魔般鮮紅的眼眸。

西希莉亞驚駭地睜大了眼，隨身侍女手上的托盤匡啷墜地，發出了恐懼的尖叫。

魔女現身帝都，並劫持近衛官夫人的消息，迅速傳到帝國最高層。

威廉再也無法保持鎮定，一把抓住了秦洛，「閣下，我請求您的幫助！」

秦洛相對冷靜得多，「魔女要什麼？」

「她要審判所一個叫艾利的人。」威廉額頭冒著汗，不敢想像妻子此刻的處境，西希莉亞勇敢正直，從不曾與凶徒接觸，萬一激怒了魔女……「我知道這於法不合，但我妻子在她手中，只有這樣才能讓西希莉亞平安無事！」

秦洛略一思忖，道：「我看過報告，據說他是魔女的哥哥，前一陣審判所忙於處理沙珊戰後事務，還沒來得及審理。」

林晰帶著全族安然撤退，毫無憐憫地扔下了一大票維肯系的舊貴族，幸好如此，執政官的怒火總算稍稍平抑。

威廉神色陰鬱，「現在不需要審理了，魔女已經證明那傢伙確實是她的親人。」

「沒想到魔女仍在西爾，還自己送上門，眞是一個絕妙的機會！」瞥見威廉的神態，秦洛語氣沉重了一點，「當然，首先必須保證西希莉亞的安全。」

沉默的修納下了命令：「洛，你跟著一起去，盡一切方法解救威廉夫人。至於魔女，我不希望再讓她逃走，就算當場射殺，也要把人留下。」

一列列精銳士兵圍住了近衛官的宅邸，除此之外，還有無數民眾。

魔女出現的消息不脛而走，傳遍大街小巷，圍觀的人群堵塞了數條街，整座近衛官邸被圍得密不透風。

與人們想像的迥異，此刻的茶廳氣氛安然。

西希莉亞儘管受了驚嚇，依然保持著貴族的儀態，端莊地坐在絨面軟椅上，除了略微發白的臉頰，沒有任何跡象顯示她身處險境。

坐在西希莉亞對面的正是魔女本人，她饒有興致地拾起跌落的書翻了翻，「這本書很別緻。」

「別用髒手碰夫人的書！」初時的驚懼漸去，隨身侍女輕蔑地喝斥，「妳做出如此狂妄的行爲，一定會被重懲！」

「閉上妳的嘴！」西希莉亞威嚴地喝止，隨後又緩下語氣，「我爲侍女的無禮向妳致歉，請原諒。」

侍女被一貫優雅的女主人罕見的嚴厲震駭，再也不敢開口。

魔女沒有發作，語氣平和地回答：「該是我請求原諒，打擾了夫人寧靜的時光。」

這一回應出乎西希莉亞意料，她開始仔細打量對方。

傳說中惡名昭著的魔女，有一頭濃密而有光澤的長髮，小巧的臉龐白皙柔嫩，睫毛深濃，鼻尖挺秀，給人柔弱甜美的印象。

她非常年輕，手腕和腳踝異常纖細，談吐文雅、儀態優美，要不是那雙惹眼的紅眸，西希莉亞會以爲對面坐著一個出身名門的淑媛。

西希莉亞穩了穩心神，覺得對方是個可以交談的對象，「我相信妳用這種手段一定是情非得已，有什麼地方我能提供幫助？」

魔女莞爾一笑，「您在這兒就是最好的幫助，請放心，我不會傷害您。」

「妳想要什麼？」儘管魔女的承諾或許毫無信用可言，西希莉亞還是略微安心了一點。

「我有一位親人目前在審判所的地牢。」

西希莉亞大概有了些瞭解，試探地勸告：「恕我冒昧，這種輕率的作法，可能會令事情變得更糟！」

「如果有更好的方法，我絕不會讓一位善良的夫人受到驚嚇。」

西希莉亞盡量婉轉地措辭：「如果妳向法官投降呢？雖然妳曾效忠於叛軍，但假如誠心悔過，我可以替妳向法官求情，他們都是一些高貴仁慈的紳士。」

「即使我投降，艾利也不會獲得自由。」面前的人淡淡道，轉過視線，留意門外的動靜，「我感激您的好意，但魔女只有一種下場。」

「他們爲什麼叫妳魔女？」西希莉亞對神祕的挾持者產生了好奇，「我可以問問妳的名字嗎？」

「奧薇。」魔女姿態大方，有問必答，「至於魔女的由來，我想您已經看見了我的眼睛。」

西希莉亞勇敢地觀察了一下，「它確實有些與眾不同，難道僅僅是因爲這個？」

奧薇看著近衛官夫人，頗爲欣賞對方的鎮靜，「我像男人一樣上戰場，指揮士兵取得過某些戰績，或許人們覺得，把這些歸於一個普通女人太過離奇，所以添加了一些想像。」

「這麼說，那些流言全是虛構？比如妳與魔……」西希莉亞察覺到失言，立即修飾，「抱歉，我是說……」

「您無須介意，我既不會吸血，也不會召喚魔鬼，更不會把孩子丟進鍋裡熬湯。」奧薇輕輕一笑，目光帶上了嘲謔。

假如眞有那種魔力，她何必冒險潛入這座宅邸？

她的臉龐依然平靜，氣質淡漠，沒有任何委屈憤怒之類的情緒。流言忽然變得異常可笑，想起曾與密友趣談過魔女的種種傳聞，西希莉亞突然生出一絲慚愧。

「西希莉亞！」一聲焦急的叫喊打破了靜謐，威廉近衛官站在門外，眉頭因憂心而緊蹙。

「親愛的威廉，我很好。」西希莉亞柔聲回答，在奧薇的示意下加了一句：「請讓暗藏的士兵退遠一點，奧薇小姐希望見到自己的親人。」

威廉望向奧薇的目光充滿了憤怒和敵意，又有一絲驚愕，「怎麼又是妳!?我警告妳，如果妳傷害我妻子一根頭髮，我會讓妳變成血肉模糊的碎塊！」

「當您的夫人還在我手中，出言威脅是非常不明智的。」奧薇一手搭住西希莉亞的肩膀，威廉立刻臉色發青。她微微一笑，語調一轉：「不過我理解您的心情，現在請您退後，讓身後的那位閣下上前，我想，他比您更適合這場談判。」

這種命令式的話語極其無禮，但爲了心愛的妻子，威廉忍下氣，一言不發，回頭看了一眼秦洛。

秦洛拍了拍他的肩，應要求站到了門口。他並不急於說話，目光逐一掃視，從屋內的設置到兩人所坐的位置，再到西希莉亞的神情，最後才望向奧薇，半晌後開口：「沒想到竟然是妳，第一次給了妳赦免，第二次是以撒庇護，這是第三次，妳確定還能有前兩次的好運？」

鮮紅的眼睛閃了一下，她語氣極淡：「閣下一定很後悔沒在一開始時絞死我。」

威廉的確後悔極了。

秦洛似乎頗感興趣地比了比，「眼睛是怎麼弄的？與前兩次都不一樣，這是妳的眞面目？」

「那時我用一種特殊鏡片作了些掩飾。」

秦洛挑了挑眉，讚許地評價：「聽起來很神奇，以撒給妳的？妳跟他是什麼關係？」

「我們互相利用。」

「看來妳利用得很成功。」秦洛點點頭，「既然替林氏做了這麼多，林晰爲什麼沒帶妳走？」

「出了點意外。」她將話題繞回，「瞧，我現在正處理這樁意外。」

秦洛戲謔地微笑，眼神十分鋒銳，「我很難相信他是妳的親人，你們的性情不大一樣。」

「這無關緊要，您只需要瞭解他對我有足夠的重要性。」

秦洛思考似地停頓了一下，「見過他，妳就會放了那位夫人？」

「當然不可能。」輕快的否定令一旁的威廉神色鐵青，不等對方插話，她又道：「您還得放了艾利，讓他自由。」

「然後？」

「然後關於我，您得作出某些承諾。」

與激動的威廉不同，秦洛的態度稱得上和藹可親，「說說看。」

奧薇淡然應對，卻又十分堅持，「我們一件件來，首先，請讓艾利到這來。」

秦洛凝視了一刻，打了個響指。

37 斷頭台

黃昏時刻，兩名士兵把捆住雙臂的艾利押到門邊。

「奧薇！」看見屋內的人，艾利絆了一下，險些跌倒，眼圈立刻紅了，「怎麼會是妳？妳怎麼會在這？妳的眼睛怎麼變成這個樣子？」

迭聲的問話並沒有得到回答，她擁抱了他一下，替他解開捆縛的粗繩。

他安然無恙，行動自如，沒有受刑的痕跡，這很好！

艾利在重見的喜悅中忘乎所以，「奧薇，這些年妳一直沒回來，媽媽不知道有多擔心，她整天叨唸著妳。跟我回去吧！我們一家人永遠在一起。」

她依然沒說話，輕輕撫了下艾利的肩膀。

遲鈍的艾利終於察覺到場面安靜得過分，看見外面的士兵，話語突然停頓，半晌，他開始顫抖，「奧薇，妳不是那個魔女，對吧？他們說的那個人不是妳，妳只是碰巧有一雙紅眼睛，對吧？」

艾利恐懼地等待回答，他不知道爲什麼會被無數士兵圍困，不知道坐在桌邊的貴婦是什麼人，不知道外面兩個貴族爲什麼一直盯著他們，只能看著許久未見的妹妹，不可控制地滲汗。

直到他完全安靜下來，奧薇才在他耳邊輕語：「艾利，從大門出去往右走，在第七個路口左拐，進最窄的那條巷子，地下酒館的藍色招牌後藏著一條通道，順著它走到盡頭。」

奧薇將路線重複了兩遍，聲音極低又極輕。

艾利有滿腹話要問，卻被她制止，只能本能地聆聽記憶。

秦洛似乎覺得無聊，不經意地踱了兩步，偏離了門口。

不等艾利開口，她看了一眼門邊，又道：「我不是你妹妹，眞正的奧薇已經死了。九年前，魔女佔據了她的身體，並用這個身體做了許多壞事，所以你才會被捕。因爲奧薇，我才給你這個機會，別走錯，否則，你再也見不到莎拉！」

艾利的眼睛駭異地睜大，嘴唇蠕動，剛要說話，突來三聲尖利的槍響，門外的花叢中傳來壓抑的慘叫，而後是一陣慌亂的腳步。

西希莉亞驚悸地捣住胸口，極力抑住尖叫。

艾利徹底僵住了，他乖巧的妹妹垂下手，緊握的槍口仍在冒煙，美麗的臉龐有種接近冷酷的冷靜。這是他完全陌生的奧薇，撕裂了甜美的表相，呈現出逼人的威懾。

擊倒了試圖偷襲的士兵，她不再看艾利，轉向門外厲聲命令：「撤開士兵，讓他自由離開！假如欺騙或製造任何意外，閣下清楚後果。」

見門外的士兵讓出了一條路，她這才回過頭，鮮紅的眼眸森冷無情，「走！」

艾利怔怔地看著她，無法動彈。

她不再多說，端起槍瞄準他的胸口，「現在，走！」

被槍口駭住的艾利恐懼地退後，見她要扣動扳機，又踉蹌地倒退出門口。

「走！」隨著第三聲厲喝，一記子彈打在他腳邊，激起了碎屑。

艾利開始轉身奔跑，沒有任何士兵阻攔，他跑過長廊，跑出庭院，衝出宅邸的大門，沿著腦中的路線疾奔，路人都詫異地望著這個莽撞的年輕人。

他神情呆滯，機械地奔跑，眼淚卻不停落下。

暮色籠罩下來，秦洛打破了寂靜：「妳的兄長已經順利離開，現在能放了那位夫人嗎？」

奧薇的神色恢復了平淡，「還有一點小問題。」

秦洛顯得極具耐心，「關於什麼？」

「我的處境。」

「來之前，我研究過一些資料，發現妳是個非常特殊的人。」秦洛不置可否，突然說起其他，「妳在沙珊的風評與其他地域截然不同，據說妳愛護士兵、善待俘虜，從不作無謂的濫殺，甚至曾因此而與林公爵衝突。在戰爭中仍能堅持如此高貴的原則，這樣的人十分少見！」

她一言不發。

秦洛盯著暗處的對手，娓娓誘導：「我相信妳爲親人或許不顧一切，卻絕不會爲自保而傷害一位無辜女性，既然如此，何不放下槍？我保證妳會受到公正的對待。」

「你果然是最狡猾難纏的傢伙！」她輕笑了一聲，低頭看了看手中的槍，而後抬起手，對準自己的額角，「我不認爲司法大臣閣下懂得什麼叫公正，所以我們不妨只談交易。」

看著她持槍的手，秦洛臉色微變。

「你需要一場公開處刑，藉處死魔女來滿足民眾，根除流言，讓衍生的惡行從帝國消失，同時鞏固執政官閣下的聲威。」她的聲音平淡得沒有任何波瀾，「我不在乎你想做什麼，可，我不想被你活捉。」

秦洛略一思索，「假如我保證不對妳用刑？」

她微微笑了，笑容十分譏諷，「你的狡詐人盡皆知，許諾一文不值！」

從未有人如此尖銳地嘲弄司法大臣，威廉氣結，西希莉亞卻險些失笑。

秦洛聽而不聞，「妳要我怎麼做？」

「以你最重要的朋友的生命起誓——你知道他是誰，放棄對我施加除死刑外的任何刑罰及侮辱，放棄一切形式的訊問和審判，我就扔下槍，束手就擒。」

秦洛沉默了。

奧薇輕描淡寫地道：「別想欺騙，記住，你是在對魔女起誓。」

秦洛終於蹙起眉。

魔女長期周旋於林氏和里茲人之間，從她身上可以探知的情報極爲可觀，爲此，他不介意以虛假的承諾敷衍，但這女人的要求太過離譜。

儘管他不在乎自身名譽或魔女詛咒，卻不願意拿摯友冒險！

而一旦拒絕立誓，魔女便會開槍自殺，連死刑都不復存在，這個結果更糟。他很清楚，帝國的民眾需要一場殺戮魔女的狂歡。

遠處的天空突然亮起來，爆起了一串奪目的煙花。

每年朔月節的夜晚，都會有民眾自行燃放煙花，場中眾人誰也沒有在意，奧薇卻目不轉睛地凝望。

絢麗的火焰不斷綻放，黑暗的夜空驀然變得流光溢彩，璀璨奪目。無數繽紛的光影閃亮，百種千姿，嬌嬈萬方，凜冽的冬天即將來臨，這是一年中最後一個節日。

閃爍的微光映出了魔女纖細的輪廓，她靜靜地佇立，彷彿被煙花奪去了靈魂。

秦洛不動聲色地循著她的視線望去，「好吧！我以我最重要的朋友生命起誓，絕不對妳施加死刑外的任何刑罰及侮辱，放棄一切訊問及審判，這樣妳滿意了？」

最後一縷煙花寂滅，她終於收回視線，幽暗的紅眸沉靜無光，一如帝都深暮的黃昏。

槍落在地上，荷槍實彈的士兵蜂擁而上，將魔女銬了起來。

「我認爲該將她處以火刑！」威廉近衛官氣憤難平，一早闖進了司法大臣的辦公室。

秦洛懶懶地打了個呵欠，「別這麼憤怒，西希莉亞可不曾受到任何傷害。」

「那女人連接近西希莉亞都是褻瀆！」威廉咬牙切齒，火冒三丈，「我眞不敢相信她竟然敢動這種瘋狂可憎的念頭！」

完美地解決了人質危機的秦洛客觀地評價：「不能否認，這很有效，她成功地換取了兄弟的自由，從另一面看，這種行爲很崇高。」

相較之下，威廉十分激動，「那是她清楚自己已經走投無路，除非挖出那雙眼睛，否則西爾根本沒有她的容身之地！」

秦洛搖了搖頭，「親愛的威廉，你應該理智點。」

「理智？」威廉氣得翻了個白眼，「我認爲她一定有什麼邪術，西希莉亞竟然代她求情，說她雖然是敵人，卻高貴仁慈、彬彬有禮，捨已救人的行爲更値得欽佩，憑毫無根據的謠言判決，完全是一種不公！」

秦洛正在喝咖啡，猛然笑得嗆咳起來，顯然昨夜滿心安慰妻子的威廉受到了沉重的打擊，以至於大失風度。

扯出手帕擦了擦嘴，按鈴讓侍從換了一杯咖啡，秦洛戲言調侃：「或許你該依此向修納建言，爲西希莉亞展現一下寬仁的胸懷。」

「我更想把她的兄弟抓回來，讓兩人一起上火刑柱！」

「這有點困難，」秦洛澆熄了威廉的希望，「接應的人是個老手，沒留下任何可追蹤的線索。」

威廉極不甘心，「算她僥倖的好運，我眞想看她再見到兄弟時的痛哭流涕。」

「她比你想像的更聰明，」秦洛淡淡提示，「還記得她看煙花嗎？我猜是和接應者約定了某種信號，一看就知道艾利有沒有成功脫身。」

威廉怔了怔，「既然您發現了，爲什麼不下令追捕？」

「把所有放煙花的人都抓起來審問？」秦洛漫不經心道，「別傻了，重要的是捉到魔女，那個叫艾利的蠢小子根本無足輕重。」

「您準備怎樣處置她？」

「盡快處刑，這樣流言也能盡早平息。」秦洛隨口回答。

想起那雙奇特的紅眸，秦洛忽然有一絲失神，頓時明白了修納的感受。那種黯淡絕望又極度平靜的眼神，的確非常像……

那是記憶中伊蘭最後的眼神，十年前他曾經察覺，卻選擇視而不見，仇恨和自私讓他的心腸變成了鐵石……

秦洛將精緻的瓷杯湊到唇邊，很快又擱下。咖啡已經冷了，味道變得分外苦澀，或許是這緣故，他的胸口有些發悶。

他收攏檔案，決定自行處理魔女一案，避免修納觸碰。

魔女已經身處審判所，不日將被公開處刑——這一轟動的消息猶如深潭中投下石子，迅速擴散開來。

以撒仍在沙珊行省，接到這個消息已經是數日之後，他煩躁地來回踱步，失控咒罵，無法理解奧薇怎麼會蠢到仍在西爾，甚至落入執政府手中，更想不通那幫精明的蠢貨爲何會如此迅速地行刑。

最終，他坐下來，寫了一封信，令暗諜以最快的速度送達帝都，交給帝國執政官。

另一個小城郊外，一輛停憩的旅行馬車內，長途跋涉的疲倦讓車夫陷入了昏睡。鍾斯撕爛手中的報紙，看了一眼昏迷中的艾利，拉下帽子蓋住自己的臉。

一百六十里外的某個村落，莎拉還在焦急地等待。

數萬里之外的海面，數百艘海船順風而行，前方的塔夏國海岸已經逐漸顯露出輪廓。

船艙裡所有人都走上甲板，興奮不已地眺望。

林晰佇立在船頭，蒼白陰鬱的臉龐比過去更加冰冷，也更無情，彷彿被先代公爵的靈魂附體。

索倫公爵泛起一絲惆悵，低頭安撫愛女。即使新大陸已在眼前，天性善感的芙蕾娜仍然情緒低落，一想到親愛的奧薇離船而去，或許將遭遇不幸，她總會無法抑制地落淚。

連綿不斷的雨讓帝都的街道泥濘不堪，也給行人和馬車帶來了不便。積雨淹沒窪地，氾濫的河水沖垮了橋梁，人們滿腹怨氣的詛咒，將惡劣的天氣視爲魔女的垂死掙扎。

時間緩緩前行，日曆一頁頁撕下，終於到了行刑前夜。

堅固森嚴的審判所深處，一扇厚重的鐵門開了，火把照亮了幽冷的囚室。

紅色的眼睛抬起，被突如其來的光刺的微瞇了一下，略感意外地看著來訪者，「行刑提前了？」

秦洛打量著她，放下手邊的提盒，「我替人送東西。」揭開盒蓋，飄散出一股食物的香氣，混在牢房的黴味中，顯得有些怪異，「這是威廉夫人的心意，感謝妳對她以禮相待。」

她淡淡地笑了一下，「她眞是一位善良仁慈的女性，請替我致謝。」

她的反應比秦洛預想的更平淡，「看來妳不怎麼感興趣。」

「我對威廉夫人的善意十分感激，只是沒想到這點小事會需要勞動閣下。」

無視話中的輕諷，秦洛依然風度十足，和顏悅色地詢問：「畢竟明天就要行刑，我來問問妳是否還有什麼要求。」

她想了想，「有煙嗎？」

秦洛摸出一包煙，連火柴一起扔過去。

取出一根火柴在盒上磕了磕，她點燃香煙，吸了一口。白色的煙霧緩緩騰起，香氣一絲絲沁入心肺，帶來難以名狀的放鬆。

潔白的細頸微斜，長睫半睜半閉，纖巧的手指撚著煙，時而放在唇邊輕吸一下。在跳動火光下，狹小的囚室呈現出一幅奇異優美的畫面。

「裁定了什麼樣的死法？」

秦洛目不轉睛地看著眼前的美人，她抽煙的姿勢極美，勾起一股似曾相識的熟悉感，卻又想不起是在何處，隨口道：「斷頭台，工匠正在連夜搭建。」

儘管所有人都覺得火刑更適合魔女，但執政官不久前廢除了這一刑罰，只能退而求其次。

「不錯，我喜歡快一點。」她波瀾不驚地睜開眼，「把文件和筆給我。」

秦洛盯了她一刻，從懷中拿出伏罪書，「妳總能讓我驚訝。」

奧薇沒有看，直接翻到最後一頁，簽了字。

她猜到會有這麼一份檔案，秦洛或許手段卑劣，但歷來風格謹慎，必然會做到程序完美。

見奧薇似乎不想說話，反而勾起了秦洛的興趣：「沒有其他心願？」

她深吸了一口，輕巧地掐滅煙蒂，「有件事我很好奇。」

秦洛一向知情識趣，「或許我能爲妳解答？」

指尖把玩著煙盒，她問了一個意想不到的問題：「修納執政官爲什麼討厭綠眼睛的女人？」

秦洛一怔，自以爲瞭解地笑了起來，「妳也是他的狂熱愛慕者？」

她微微側了下頭，「就算是吧！」

秦洛的聲音透出譏諷：「那麼妳眞是個傻女孩，愛上了一個沒有心的人。」

她竟然笑了，又抽出了一根煙，「沒關係，我很快就沒有腦袋，不必再爲此煩惱。」

沒想到會得到這樣的回答，秦洛忍不住大笑起來，目光變得十分奇異，「眞是有趣！如果妳不是魔女，一定非常迷人！」

「謝謝。」她掠了一眼，輕淡地道，「無論我是不是魔女，都不希望再見到你。」

秦洛最終沒有回答她的問題，不過這無所謂，答案對她已經不再重要。

晨曦逐漸從狹小的窗口透出，映出一層陰冷的薄霧，霧中浮現出瑪亞嬤嬤的臉，滿臉皺紋的老婦人在對她微笑，召喚她前往另一個世界。

她靜靜地看著幻像，直到它徹底消失。

拎過角落接水的瓦罐，她開始沾著水整理濃密的長髮，盡量挽高一點，露出頸項，盤成一個光潔的髮髻。

雨終於停了，帝都中心廣場上搭起了一座高高的木架，上方懸著一塊雪亮的刀板，三三兩兩的人聚集起來，隨著天色漸亮，包圍圈不斷擴大，很快匯成一個空前龐大的群體。

沙珊行省雖然收復，人民恨之入骨的仇敵林氏一族卻逃亡海外，並未受到血與火的嚴懲，這與市民期盼血洗沙珊的熱望不符，積壓的怒火無處發洩，亟需一場鮮血的獻祭與狂歡，臭名昭著且效忠於林氏的魔女是最理想的祭品。

人們在高台下低議，期待而興奮地等候，等候魔女的掙扎叫喊，等著她的頭顱從身體上滾落，黑色的血液四處飛濺。

廣場對面是莊嚴的帝國議政廳，有人在窗前俯瞰，神祇般俊美的臉龐沒有任何表情。

秦洛很清楚他的朋友在想什麼，隨之看了一眼，打破了沉寂：「我知道你不喜歡，但有時必須順應這些傻瓜的情緒，讓他們得到滿足，否則倒楣的是我們。」

修納眸中映出一縷近似冷嘲的情緒，「如果有一天被處死的是我，他們也會同樣歡呼。」

「你絕不會蠢到那種地步。」秦洛失笑，隔著透明的玻璃，點了點遠處的人群，「我們只要把自己打扮得跟他們一樣，爲他們的歡呼或憤怒鼓掌，引導它、控制它、利用它，成爲民眾的化身或代言人，就能永遠屹立於帝國最高位。」

修納點點頭，給了評語：「很實用，也很骯髒！」

「高尚是僅屬於死者的榮譽。」馬車在樓下等候，秦洛在書桌上扔下一份文件，大步往外走去，「這是魔女的判決書，記得補個簽名，我還得趕去沃森行省，那裡的法官是個徹頭徹尾的白癡。」

重大案件的死刑需要執政官簽名核准，這是程序規定，不過執行時往往較爲靈活，司法大臣先行裁決，執政官事後補簽也屬常態。

修納坐下來，抽出筆蘸了蘸，準備在判決書上簽字，剛落筆卻濺開了一滴墨水，落在紙上，像一滴黑色的淚。

不知爲何，他心頭驀然煩亂起來，扯過一張紙吸乾，在墨滴旁草草簽了名。

侍從又送來一批文件，他逐一批閱，重複著每日單調的工作。

遠處的廣場傳來轟然歡呼，想必死囚已經踏上了斷頭台。一封標註著緊急字樣的信從檔案堆上滑下來，火漆上印著里茲國國徽的紋樣，旁邊的附條顯示由於橋梁垮塌，信件延遲了一週。

修納拆開信封，抽出信箋，讀了起來——

尊敬的執政官閣下：

原諒我的冒昧，請務必延遲貴國對魔女的處刑。

儘管罪行累累，但她身分特殊，包藏著許多極其珍貴的祕密，輕率處死會造成極大的遺憾，必將令閣下痛惜不已。

我萬分誠懇地請求您重新考慮，詳加訊問，一定會發現我所言不虛。

以撒敬上

PS.隨信附圖一張，但願能有助閣下。

一眼看完，他打開信件的附紙，現出一張草草繪成的手稿，畫的是一個女人的半身像。嚴格來說，是一個背影，線條勻美，纖細誘人，精緻的背胛下方紋刻著神之光的印痕，僅僅寥寥數筆，卻極為傳神，半側的臉龐，一眼就能辨出身分——那是此時正處於斷頭台上的魔女。

沙珊行省戰前，秦洛與他有過近似的推測，到她落網之後，卻受到魔女這一特殊的身分誤導，疏忽了查驗，這封信卻給出了意外的證明。

修納下意識瞥了眼窗外，中止行刑顯然已經不可能。

實際上，他並不擔心神之光。只要他還是執政官，找出線索後，將它徹底毀滅易如反掌，魔女這一實驗體的死亡與否，並不重要。真正令人疑惑的是，這具實驗體為何會存在？

扔下信件，修納第一次認真思考這個問題。

他記得柏格曾在實驗室說過，他是受神之光恩澤的第一人，而後伊蘭殺死柏格，焚毀了資料，神之光從此中斷。

如果還有人能實施復活的技術，唯一的可能是當時研究中心內的研究員。他看過那些複雜無比的精密儀器，假如說近幾年有人能在帝國某處耗費重金又極度機密地重建……

否定了這一可能，他轉從另一個角度思考。

如果魔女是實驗體，那這具身體裡的靈魂是誰？

神之光的實驗體嚴格控制在十三至十五歲，報告上稱魔女的年齡是二十三，重生應該是在八至十年前，那時休瓦基地還在林公爵的控制下。她擅長軍事，聰明多詐，又忠誠於林氏……

修納的心突然狂跳起來。

一定是瘋了，他竟然將紅眼的魔女與綠眸的至愛聯想起來！

可怕的臆想湧入腦中，讓他感到一陣暈眩。

不！這絕不可能！

狂亂的血液奔流，腦筋一片混亂，他猛然起身來回踱步，心慌意亂中帶翻了檯燈，砰然碎裂聲驚動了左右。

威廉打開門詢問：「長官？」

「停止行刑！不……這不可能……讓他們停下！」

威廉駭然驚訝，他從未見過修納如此恐懼。

失去了鎮定的修納甚至吼叫起來，神態極其可怕，「讓他們停止行刑！立刻！」慘白的臉龐沒有一絲血色，他狂亂地搜尋書桌上堆積的文件。

威廉驚怔地看著他反常的舉止，一時無法反應。

修納急促地翻找，一把將所有檔案掀到地上，終於找到魔女的死刑判決書，扯開附在其後的伏罪書，最後一頁下方有一行優雅流暢的小字，精緻的字體微微傾斜——

我承認以上一切罪行　奧薇

修納的血液猝然冰冷，每一根骨頭都在顫抖。

遠處的廣場爆出了歡呼，呼聲是如此激烈，甚至震動了執政官辦公室的玻璃。他猝然發出一聲野獸般絕望的嘶吼，撞開威廉，衝出了房間。

鐐銬過於沉重，魔女走得很慢，磨破的腳踝上流出了血，滲進了泥濘未乾的地面。

她的神色平靜淡漠，彷彿不曾感受到周圍轟然沸騰的咒罵，這令人群萌生出不滿。人們渴望看到乞憐、哀號、掙扎與詛咒，渴望魔女在暴力與死神前恐懼的戰慄，而不是鎮定得像一個殉教的聖徒。

人群發出了更大的哄嚷，殺死魔女的呼喊一聲高過一聲，形成了浩大的海洋。

魔女依然沉靜，順著劊子手的指示，她在斷頭台前跪下，將光潔的頸項擱在髒污的木槽上，長長的睫毛輕掀，鮮紅的眼眸凝視著遙遠的天際，柔黃的太陽正緩緩升起。

一切塵世的囂嚷都消失了，世界變得異常安靜，彷彿回歸了初始的純澈。

法官簡單地宣讀完罪狀，人群的吵嚷聲低了下來，每個人都屏息以待。

忽然，一聲驚叫傳來，有人發現不遠處的鐘樓冒起了黑煙，民眾漸漸騷動，變得惶恐不安，隨後黑煙接連冒出，似乎不同位置都有民宅起火，當黑煙增爲五處，人們開始轟響，女人們恐懼的尖叫起來，甚至連人群中都煙霧瀰漫。

法官連連喝斥，極力鎮定場面，示意劊子手行刑。

隨著機械扳動，雪亮的刀板猝然滑落，突然，幾根鋼叉從圍在斷頭台最前方的人群中飛起，斜刺著釘入台架，卡在刀板滑落的路徑上，沉重的刀板接連斬落了數根，筆直下墜，在幾乎觸及死刑犯的剎那停頓下來，被最後兩枚鋼叉顫巍巍地卡住，發出了刺耳的擦響。

與此同時，人群中的濃煙迅速擴散，遮蔽了視野內的一切。誰也不清楚意外從何而起，慌亂的人群雜沓奔走，推搡和恐慌造成了嚴重的事故，慘叫此起彼伏，衛兵想衝進來，卻無法分辨方位，場面徹底失控。

修納瘋狂地擠入人群，費盡周折，穿過可怕的人潮，在濃霧中攀上了斷頭台。他紊亂地呼吸，急促地張望，搜尋著死刑犯的身影。

斷頭台上只剩下劊子手和幾名守衛的屍體，沉重的刀板離木槽僅有十幾公分，本該身首異處的犯人，已經不知去向。

僵立良久，修納死死地盯著刀板鋒刃上殘留的一絲血痕，眼前一片昏黑。

他開始努力回憶，回憶魔女的一切。他回憶起那朵掉落的白薔薇，回憶起險些失竊的胸針，回憶起法庭上慘白的臉龐，回憶起她被撕裂的襯衣，回憶起她搖搖欲墜的問話……那時他說了什麼？

一段段回憶閃現，修納緊緊搗住額，發出一聲崩潰的呻吟，頎長的身體搖晃起來。悔恨如炙熱的鐵條貫穿胸臆，強烈的痛楚令他幾乎昏厥，他想撕開血肉，挖掉自己的心。

究竟多愚蠢才會讓他蒙蔽了雙眼，看不清真實？她還活著，一度甚至近得觸手可及，可他卻把她送上了斷頭台！

從他回答的那一刻起，她的靈魂已經出現了死兆。

38 執政官

魔女受刑的那一刻，帝都發生了數起火災，上百人在混亂的踩踏中受傷。

更可怕的是，魔女從斷頭台消失的現實，讓各種荒誕不稽的流言爆發，傳遍全城。人們交頭接耳，議論紛紛，猜測是邪惡的魔鬼庇護了她，待魔女再度出現，必將帶來可怕的報復，將試圖葬送她的人拖入地獄！

古老的帝都瀰漫著從未有過的恐慌，封鎖全城的徹查更加劇了緊張的氣氛。執政官頒下最嚴厲的命令，士兵搜遍帝都每一個角落，找尋魔女的蹤跡。同一時刻，近衛隊逮捕了數十名混亂行刑場的嫌疑者，徹夜審問。

半個月內，人們盡了一切努力，卻一無所獲，魔女彷彿已從這座城市消失……

尼斯城是西爾邊境城市之一，它因鐵礦及與里茲國的邊貿而興盛，繁忙的越境關卡，每天都有眾多商人出入。

在帝都陷入紛亂的迷霧時，尼斯城中一棟不起眼的舊建築裡，藏匿了一位特殊的客人。

攪亂帝都的紅眼魔女倚在軟椅上，慘白的肌膚像塗了一層臘，雙頰滿布星星點點的紅疹，看起來極爲駭人，彷彿感染了恐怖的疫病。她纖細的腳踝上有一圈鐵鐐的磨傷，髒污的血呈紫黑色，傷口因無暇處理而有些化膿。

以撒正在替她清潔傷口，灑上藥粉包紮，絲毫不為她可怕的形象所動。這不奇怪，她變成這副模樣，正是他一手安排的。

逃到這裡的一路，她都昏迷在棺材裡，成為一具年紀輕輕卻得了天花而死的屍體。暗諜換了七八批，終於將她送到尼斯城，明天早上關卡放行，以撒就會將她帶出西爾國境。

她不想任人擺佈，但致昏的藥物仍殘留在血液中，令她空前虛弱。

以撒繫紗布的手突然使力一勒，踝骨的劇痛讓她本能地縮了一下，額上滲出細汗。他望著她，半晌終於開口：「我一直以為妳很聰明，現在才發現妳淨做蠢事！」

她緊握著扶手，忍著痛，卻一言不發。

半晌，隨從撤去藥盤，室內只剩下兩個人。

以撒擰了條濕巾，替奧薇擦去偽裝，過重的手勁拭得她臉龐幾乎麻木，濕巾下逐漸呈露出眞實的面貌，及摩擦過度而泛紅的臉頰。

扔下濕巾，他又打量了一下，在一側的沙發上坐下，「說話。」

寂靜了一刻，她如他所願地啓口：「我對神之光與神之火一無所知。」

一股強烈的怒氣上湧，以撒盯住了她鮮豔的紅眸。

她繼續說下去：「我確實受了轉換，但對其中的原理技術一竅不通，您想在我身上尋找奧祕，只能說是白費力氣。」

以撒平靜的口吻中隱藏著風暴：「妳要說的只有這個？」

她怔了一下。

「正常的女人這時是不是該說謝謝？」以撒輕柔的語調帶著濃重的火氣譏諷，「比如感謝我救了妳的命，讓妳那頑固的腦袋還保留在脖子上，沒有被砍斷。」

她的回答犀利冷靜，不帶任何感情：「您不惜暴露里茲在西爾埋線數年的眾多暗諜，當然是希望獲取最有價值的情報，但很抱歉，我無法提供。」

以撒死死地盯住她，極力抑住瀕臨暴發的鬱怒。

他想掐死這可惡的女人，打破她該死的從容；想撕裂她淡漠的表相，逼出她柔弱的內心；想看她無助地哭泣傾訴，顯露出她全心的依賴。可即使她此刻毫無力量，衰弱得不堪一擊，卻依然戒慎防衛，堅不可摧！

意識到自己的情感，以撒心底湧出了一絲悲哀。

他不該感到意外，他在自己的國度有眾人稱許的形象，對女性尊重有禮、文雅謙遜，以完美的風度著稱，可待她卻是截然相反。

他輕視她、戲弄她、設計她、把她當成一枚棋子擺弄。她當然不可能傻到愛上冷血的利用者，是他太愚蠢，從察覺的那一刻就該明白，他永遠得不到她的心。

沉默許久，以撒斂去所有情緒，恢復成平日的輕謔，以談判口吻道：「親愛的伊蘭，別太輕忽自己，至少我相信妳能告訴我，凱希在哪？」

蒼白的臉龐一瞬間凝住了表情，「我聽不懂你在說什麼。」

「不懂？不，不懂的人是我。」以撒的微笑盈滿嘲謔，「比如我不懂爲什麼公爵小姐會發瘋般地縱火？爲什麼會被密友施以神祕技術重生？爲什麼對家族竭力效忠卻保持沉默？爲什麼沒有乘上離開沙珊的船？爲什麼蠢到爲毫無親緣的傻瓜搭上自己的命？或許，妳能告訴我這些問題的答案。」

冷漠的面具終於有了一線裂痕，她忽然垂下眼。

以撒挑了挑眉，心情驀然好起來，「聽說妳曾有一雙漂亮的綠眼睛，非常動人。」

低垂的長睫微微發顫，彷彿脆弱的蝴蝶雙翼。

以撒扣住她的下頷，望入飄忽不定的眼眸，輕柔的話語宛如催眠：「告訴我，爲什麼妳會變成如今這副模樣？」

短暫的震驚過後，她鎮定下來，「凱希隨林氏去了另一塊大陸，此生都將處於軍隊的保護之下，抱歉，你已無法觸及。」

扣住她下頷的指尖一緊，以撒臉龐閃過一絲冷意，「妳把所有人都安排得很好，不過沒關係，假如妳的朋友對妳抱有同樣深厚的情誼，或許他會擔憂妳的安危，主動到里茲作客。」

她靜默一瞬，「林晰不會讓你這樣做。」

以撒淡笑，「難道林晰會拒絕救援默默協助他作戰三年，又救了全族人的表姊？親愛的伊蘭，相信我，對他而言，妳絕對比想像中更重要。」

「他不會傻到嘗試解救一個死人。」

「哦？」以撒瞇了下眼，神色變得危險起來，「誰說妳會死？」

她忽然笑起來，笑容疲倦而淡漠，「是的，你不會讓我死，至少現在我還有最後一點價值。或許你會挖下我的眼睛送給林晰，又或是以酷刑折磨直到我順從地配合。爲了利益，所有人都會變成惡魔，里茲皇儲當然不會例外。」

以撒停了一瞬，半晌才開口：「妳怎麼知道？」

「詹金斯對你太恭敬了，以一介特使而言，你的許可權未免過高，我想不出除了里茲皇儲以外，還有什麼人能有如此地位。」

以撒沉默了一會兒，「所以妳才救我？」

他一直覺得奇怪，她已經拿回鏡片，又並非眞正想依附於他，爲什麼當時不曾趁亂逃走？

她輕淡地承認：「里茲皇儲死在西爾帝都，後果將會極其嚴重，我可不希望搞得兩國交戰！」

以撒看著她，深眸帶著難以描繪的複雜情緒，「妳對帝國和家族如此忠誠，爲什麼妳父親會蠢到爲政治利益而犧牲妳？」

犧牲？她微愕了一下。

深黑的窗外閃過亮光，但沒人留意，以撒敏銳地捕捉到紅眸中的一線異態。

「不是林公爵指示妳毀掉神之光？」突然心頭一動，以撒脫口而出，「難道眞是爲了妳的情人？」

她沒有回答，輕翹的長睫再度垂落，覆住了迷惘的傷感。

以撒說不出心底是什麼滋味，語氣有些怪異：「那個男人是誰？妳爲他付出這麼多，他卻對妳棄之不顧！」

「不是這樣……」她吸了口氣，自己也不懂爲何會解釋，「他不知道我還活著。」

清麗的臉龐異常脆弱，眸光淒涼而柔軟，以撒完全移不開視線，「爲什麼不去找他？」

「他過得很好，比我想像中更好。」她的回答輕得像耳語，又像在安慰自己，似乎風一吹就散落無蹤，「當初也只不過是身體上的迷戀，或許……他並不愛我，那麼事過境遷，也不再有重逢的必要。」

窗外隱隱有些喧嘩，以撒凝視著柔美的側顏，「我從沒發現妳是如此膽怯。」

她輕笑了一下，「沒人會愛上一個魔女。」

她又恢復了平淡，那一線偶然的脆弱已經消失，以撒的目光落下來，看見了一雙秀美的手，纖細的腕上印著捆縛的瘀痕，顯得刺眼而殘忍。

他沉默了一會兒，輕而慢地開口，每一個字都說得十分認眞：「如果我說我愛妳，會給妳一幢玫瑰色的屋子，有白鴿、天竺葵和從不熄滅的壁爐，妳是否願意做女主人？妳是公爵小姐，我是一國皇儲，做我的情人並不會降低妳的身分。妳的生活會比從前更奢華，再不會聽到有人叫妳魔女，沒人能用輕視的眼光看妳，我會給妳最好的一切！」

「不。」她根本不必思索。

預料之中的答案，比他所預想的更乾脆，以撒心頭溢出一縷澀意，「我有那麼糟？」

她的神色淡漠如常，「你的許諾聽起來非常美好，可惜必須用凱希來交換。」

以撒目光一閃，「如果我說……」

「即使你現在承諾放過凱希，回到里茲後便會截然不同。在西爾經營多年，一無所獲，又爲了一個魔女，廢棄了里茲長期埋設的暗諜，皇儲殿下面對的壓力非比尋常。等政治的風浪撲面而來，今天的諾言將不值一提！」

冷硬的分析尖銳直接，她彷彿已經預見未來。

「我從不相信重視利益勝於感情的人，就算你目前對我有幾分興趣，權利的誘惑卻更強，將來的選擇，不言而喻。」

她不願再落入另一個陷阱，一旦踏入異國的土地，恐怕再也沒機會逃走。

以撒無可辯駁，唯有苦笑。

喧嘩的聲音突然大起來，同時引起了兩人的注意，以撒蹙起眉。

這時，門板傳來急叩，拉斐爾進入，急促地稟報：「近衛軍封鎖全城，挨戶搜查，傳令凡有藏匿魔女者，無論任何身分，一律嚴懲，馬上要搜到這條街了！」

以撒心底一沉，神色微變，「來得這麼快？怎麼會是近衛軍？」

近衛軍是西爾最精銳的部隊，修納一手培植，戰鬥力極強。

情勢比想像中更嚴峻，拉斐爾空前焦慮，「我剛剛得到消息，幾天前有暗諜挨不過刑，三百近衛軍連夜從帝都出發，速度極其驚人。西爾人下了決心不讓魔女活著離開，這裡已經藏不住，再待下去，連您都會有危險！」

以撒掀開一線窗幔，半個城區燈火通明，人聲嘈雜而凌亂。

拉斐爾催促道：「閣下，您的安危勝於一切！西爾人很清楚是我們在插手，更給出了警告，假如無視，恐怕會陷入極爲棘手的境地，我們不能冒這個險！」

里茲皇儲在西爾受審，必然會成爲外交上經久不息的笑話；但放棄千辛萬苦到手的獵物，聽任她葬身於西爾人之手，以撒更不甘心。

一時間，念頭百轉，他掙扎著難以抉擇。

倚在椅上的奧薇掠了一眼窗外，目光流露出微諷，「打開門，我自己出去。」

拉斐爾明顯鬆了一口氣，拉開了門閂的鉸鏈。

以撒攔在身前，阻止她起身，聲音微怒地道：「妳知道這意味著什麼嗎？當眞這麼想死？」

她懶於回答，偏過頭，「拉斐爾，如果你不希望貴國的皇儲殿下出什麼意外，最好拉開他。」

拉斐爾一愣，又看向以撒，似乎下了決心。以撒怒火中燒地試圖攔住她，卻被拉斐爾擋住。拉斐爾極力阻止，以撒的命令被置若罔聞，主僕二人竟然廝打起來。

奧薇沒有再看一眼，勉強撐起身體，離開了最後的庇護。

她已經厭倦了這一切，厭倦了逃亡掩飾。既然她屬於那個逝去的、可詛咒的舊時代，注定將被粉碎，至少，她可以坦然地面對終結。

走下樓梯，門外是一條長長的寬巷，她扶著牆，向前走去。

死人不需要鞋子，所以她身上僅有一條白色葬裙，赤裸的雙足被粗礪的路面磕得生疼，但沒關係，死神會結束一切痛苦，她知道自己不會等太久。

走出巷口，通明的街道一片嘈雜，被搜查攪得惶恐不安的尼斯居民在街面交換抱怨與牢騷。一個女人無意間瞥見了她的紅眸，發出了一聲驚恐至極的尖叫。

被驚動的人群接連望過來，彷彿看見了惡魔，恐懼像水波一樣擴散，人們紛紛奔逃，尖叫和呼喊此起彼伏，整條大街瞬間空蕩無人。

魔女出現的訊息飛速傳開，深入人心的流言造就了最恐怖的想像，沒有任何人敢接近那個纖細的身影，即使魔女似乎虛弱得一根手指都能擊倒。

長街兩頭被勇者搬來的路障堵死，遠處已經有警備隊趕來的腳步聲。她耗盡了體力，停下來倚著一根木柱，平復紊亂的呼吸。整條街安靜得像墳場，每一個窗戶後人影幢幢。

絕對的寂靜中突然迸出一聲脆響，有什麼東西砸在五米外，濺落的碎屑迸上腳面，帶起微微的刺痛。

那是一個碩大的花瓶，被人從窗戶扔下來，砸得粉身碎骨。顯而易見，人們不敢靠近，但並不避諱以扔東西的方式表達憎恨。

第一個丟出花瓶的人彷彿給予了某種啓示，很快地，各式各樣的東西被人們抛出來。頻頻的碎裂聲震耳欲聾，碗盤、水瓶、杯子、瓷像、鬧鐘、拆信刀、墨水瓶、檯燈、夜壺……甚至還有床柱，天知道它的主人是怎樣把它拆下來的。

看著那根結實的床柱，奧薇有一股荒謬的笑意，現實的一切，像扭曲的夢境。扔下來的東西大多落在身旁，只有一只鹽罐準確地砸中額頭，讓她好一陣暈眩，半晌才能抬手拭去滑落的血。

魔女流血了！這一發現引起了人們的歡呼。

尼斯警備隊終於趕過來，爲免被誤傷，停在距魔女五十米處。在警備隊長的呼喊下，擲行爲漸漸稀落下來。

燈光照亮著街道，各式各樣的碎片鋪滿了整個路面，猶如無數閃耀的星辰環繞在魔女周圍，只是這些星辰尖利無比，彷彿地獄遍開的荊棘。

帝都的命令是活捉，但受命的警備隊員同樣對魔女心懷恐懼，沒有人敢上前，一味高喊，命令魔女上前投降。但，她一步也不想動，心頭只剩一片漠然的空蕩，可能的話，她希望對方直接開槍。

溫熱的血持續流淌，昏沉的感覺更強了，嚴厲的叫喊變得縹緲而遙遠。她很想倒下去，但雙腳之外的地面滿布碎片。她只能倚著木柱，把火熱的額頭抵上去，寒冷和虛弱讓神志逐漸模糊，以至於她完全沒發現，長街盡頭，一輛馬車正飛馳而來。

人們從來沒有見過馬車的速度如此之快，車身帶著帝國執政府的徽記，像一道迅捷的閃電，將跟隨的近衛軍地遠遠拋在後頭。

狂奔的馬車在路障前猛然勒住，車門彈開來，一個男人衝下馬車。仍在強硬斥令魔女的警備隊長突然被一隻鐵腕箍住，一把甩進了街邊的沙堆裡。警備隊所有人都呆住了，年輕的隊員激憤地想衝上去，隨即又僵住了。

男人穿著純黑的制服，俊美非凡的臉龐蒼白削瘦，眼中燃著陰鬱的烈焰，肩章上奪目的銀星閃耀，昭示出帝國最尊貴的身分。

在場的士兵悚然低議，窗後的民眾紛紛猜度。誰也沒想到帝國執政官會親自出現在尼斯城，警備隊副隊長戰戰兢兢地上前問候，卻被同車而來的近衛官擋在一邊。數百名剽悍勇武的近衛軍蹄聲如雷，齊刷刷地在男人身後勒韁下馬。

執政官根本不理會任何人，直直地盯著街心的身影，縱身躍過了路障。長街忽然鴉雀無聲，所有人都屏住呼吸，看著尊貴無比的帝國領袖向魔女走去。

夜風吹拂著白色葬裙，她倚在木柱上，一動不動，散落的長髮隨風輕擺，由於過度寒冷，裸露在外的肌膚，顯出一種奇異的冰白。

事實上，她已經接近昏迷，直到感覺有人站在面前才醒過來，勉強睜開眼望了一下。儘管是逆光，她仍然看清了那張絕不會錯辨的臉，頭腦剎那空白。

怔忡之後，一些緩慢而游離的思維逐漸湧入。怎麼會沒想到，近衛軍當然是隨在執政官左右，魔女的脫逃一定引起了軒然大波，逼得執政官不得不親自領軍追緝……多麼合理的現實！

只是，她想像過無數種死法，卻沒想過有一天會被他親手殺死……

帝都的報紙會怎麼說？英勇的執政官終結魔女，擊穿漆黑的心臟，結束她罪惡的靈魂？

她又想笑了，可凍僵的臉龐完全笑不出來，或許是目光洩露出的嘲諷激怒了對方，她清晰地聽見他的指節響了一下。

猜錯了，他根本不必用槍，空手就能扭斷她的脖子。她很想把最後一句說得清晰冷定，卻只發出了一縷澀啞的微聲：「來吧……」

他一言不發，又踏近一步。

她終於看清了陌生又熟悉的黑眸，那種極端的冰冷消失了，取而代之的，是一種無法描述的情感，彷彿翻湧著熔岩的深淵，帶著吞噬一切的狂暴。

她怔住了，突然被一雙有力的手臂横抱起來，暈眩了一下。意外的驚悸比夢境更不真實，她徹底驚呆了，甚至忘了掙扎，怔怔地望著他。

他的呼吸很沉重，線條分明的唇緊抿，下頷繃得極緊，雕塑般的臉龐沒有一絲表情，沉默地俯瞰著她，而後抬起了頭。

一步又一步，瓷片在堅硬的軍靴下咯吱輕響，整個世界只剩下一個聲音。

帝國執政官抱著她，踏過尖利的碎屑，走過冰冷的長街，穿過森林般的軍列，迎視著無數目光。

所有眼睛都在凝視，目瞪口呆地看著這一對。

拉斐爾鬆開了箝制以撒的手，也不再有這一必要。里茲皇儲同他一樣，在窗前陷入了呆怔。

直到近衛軍隨著馬車一起撤離，拉斐爾才能說出話：「是我眼花嗎？那好像是修納執政官。他發瘋了嗎？」

以撒佇立許久，忽然開口：「拉斐爾，你曾報告說，查不出修納從軍前的經歷。」

拉斐爾不明所以，「沒錯，那位閣下像十六歲以後突然冒出來的。」

「傳聞說，他討厭綠眼睛的女人？」

拉斐爾更爲茫然，「確實如此，這與他突然發瘋有關？」

以撒靜默了半晌，唇角抽了抽，突然笑起來，奇怪的笑容中帶著難以言喻的意味。

拉斐爾悚然不安，幾乎以爲又多了一個瘋子，「您在笑什麼？」

「怎麼會有這種女人？她竟然能一直保守這個祕密，還打算沉默地將它帶入墳墓……」

以撒眺望著遠去的馬車，笑容複雜而苦澀，透出一絲懊恨，「修納眞是世上最幸運的男人！」

拉斐爾徹底傻了，「您到底在說什麼？」

以撒終於平靜下來，淡淡道：「拉斐爾，你說過林伊蘭當年縱火的原因之一，是爲了替情人報復。」

「對，但那只是荒謬……」

「不，那並不荒謬，而是事實。縱火是爲了掩蓋一個祕密——她私下復活了自己的情人。」以撒徹底地想通了前後關聯，「既然林伊蘭能重生，別人當然也能，那位在火災中死去的天才級學者，恐怕正是因此身亡！她救了情人，又送走他，放火燒掉一切痕跡。槍決的時候，很可能是林公爵動了手腳，將她重生爲奧薇。」

「您分析得很有道理，但……」拉斐爾突然從迷惑中反應過來，「那個情人……」

「那個情人安全地離開，此後一路向上攀爬，藉軍事政變上位，成爲西爾帝國的執政官。」以撒語氣冷誚，「他知道情人死了，但心底從沒忘記，卻沒想到她早已祕密復活，正以鮮血守護昔日背棄的家族。」

只是一個幻影，我看錯了……

他過得很好，比我想像中更好……

或許他並不愛我，那麼事過境遷，也不再有重逢的必要……

沒人會愛上一個魔女……

她曾經詢問修納會怎樣處置魔女，他一直以爲那是她想用利益交換活命的機會。

他從來沒能讀懂她，縱然見過她的淚、吻過她的唇、與她無數次交談，卻直到這一刻才眞正看透她清澈驕傲的靈魂。

眼前似乎又浮現美麗的紅眸，浮著一層幽冷的自嘲，以撒的胸臆忽然強烈刺痛起來。

拉斐爾陷入完全不可置信的混亂中，「我不明白，她爲什麼不說出一切？」

「因爲他變了，不再是過去那個身分低微的情人。如果這個男人已經不愛她，她也就不屑於爲活命而向他乞求。」以撒停了半晌，澀笑一聲，「假如今天以前有人告訴我，冷酷無情的修納會爲愛發狂，我會認爲是個滑稽無比的笑話。」

西爾執政官深愛著魔女？拉斐爾無法想像，話語和思維一樣紊亂，「我不明白……這怎麼可能……怎麼會這樣……我們該怎麼辦……」

以撒望著街上通明的燈火，良久才道：「我想，我們不必再面對這位難纏的執政官了。」

拉斐爾再一次全然震愕。

「只要還有任何一點人類的感情，他都不會處死魔女，這也就意味著他完了。」以撒的語氣極微妙，「這男人已經瘋了，他本該悄悄把魔女藏起來，卻當著所有人的面抱她，民眾絕不會原諒這種背叛——他剛才的舉動，已經徹底毀掉了自己的名譽和威信！」

「您是說，修納執政官會被推翻？」

「他會以十倍於爬升的速度跌落下來，聲名掃地。」以撒冷冷一笑，「除非他能立即找到另一個紅眼睛的女人作爲魔女的替身，公開處死……這顯然不可能。」

拉斐爾盡力跟上以撒的思緒，「那我們是否該立即與西爾未來最有可能繼任執政官的大臣拉近關係？」

「暫時先觀察一段時間，假如修納近幾天沒有返回帝都……」話語聲漸漸消失，以撒陷入了凝思。

39 故人

這是一輛窄小的雙人馬車，兩人必須面對面而坐。

他就在一臂之遙，完全靜默，耳畔只有馬車行進的聲音，車內一片安靜，呼吸都彷彿帶上了他的氣息。

逼人的視線太過灼人，她不敢看，無意識地環住了手臂。

有一剎那，她覺得他似乎看穿了一切，理智又告訴她這是錯覺，或許他想留下魔女的命，以便審問；或許下一刻，就會出現鐐銬和刑具。

惶然和疑惑盤旋在她的心頭，思維疲倦而混亂。忽然，他抬起手，她本能地一躲，猝不及防下，後腦撞上了堅硬的車壁，引發一陣劇烈的暈眩。

僵在半空的手收了回去，片刻後，他取出一方手帕，輕緩地放在她身邊。她遲疑半晌才省悟過來，用手帕按住了額角的傷口。

血浸濕了裙子，黏在肌膚上，十分不適。他脫下外套遞給她，她搖了搖頭，「會髒。」

黑暗的馬車中看不見神情，他的指節似乎又響了一下，將外套甩到她膝上，聲音僵硬到極點：「穿上！」

她沒有再說，順從地拎起來，覆在身上。

厚暖的外套還帶著他的體溫，冰冷的身體漸漸緩和，馬車規律地搖晃，神智逐漸迷離，她再也支撐不住，倚在車壁上昏睡過去。

睜開眼時，她發現自己睡在一張豪華寬大的床上。

柔滑的絲棉像雲一樣輕軟，毫無重量地覆在身上，肌膚溫暖而舒適，枕上的淡香出自西爾最頂級的熏香料，壁爐裡的火正在燃燒，四周極其安靜。

精美絕倫的梳妝檯、造型典雅的扶手沙發、純銀的燭台與洗手盆、厚軟的雲絲地毯……空曠的臥室雅致而溫馨，這些浪漫奢華的陳設，毫無疑問屬於某個貴族。

但這不對，她應該在某個監牢醒來！

她怔了一會兒，掀開被子時，又呆住了。血漬斑斑的葬裙已不知去向，所有的傷口被重新包紮，連腳底都被擦拭得乾乾淨淨。

她的頭腦一片昏噩，無法再思考下去，扯過床單裹住了身體。

打開門，呈現在眼前的，是一間同樣精緻的會客室，還連著一間書房，通往外廊的門上了鎖，隱約能聽到士兵巡邏的腳步聲。

顯然她被囚禁了！這事實令她鬆了一口氣。

或許修納什麼也沒察覺，只是想換種方式套取神之光的資訊。這個推想讓她的心情平靜下來，走進了臥室內的洗浴間。

擰開水龍頭，清澈的水瀑傾洩而出，沖去連日奔逃累積的污漬。水滲進傷口，帶來幾許刺痛，她忍住暈眩，清洗完畢，圍上浴巾，在鑲銀的全身鏡前撕下了額上的紗布。

傷口大約三公分長，邊緣有些青紫，她看了一會兒，忽然被頸側的痕跡吸引了注意。

將濕淋淋的長髮撥到一側，她在鏡子裡瞥見後頸有一線紅色的傷痕。這道傷讓她感到迷惑，輕輕按了按才想起來，大概是來自斷頭台。

假如刀板再落下幾寸，她的頭恐怕已經離開了身體！那樣的話，一切痛苦都結束了……

她有點恍惚地望著鏡中的自己，清晰的影像逐漸被霧氣氤氳。抬手拭了拭鏡面，她忽然發現鏡子裡多了一個人，頓時僵住了。

修納正站在門邊看她，漆黑的眼眸深得讓人看不透，她渾身發冷。

她明明鎖了門……

沉默的凝視比一切事物都可怕，從沒有任何人任何事能令她如此恐懼，寂靜許久，她按住浴巾，勉強開口：「請出去，讓我換上衣服。」

他終於動了，但卻沒有離開，反而向她走來，深暗的眼睛一直盯著她。

彷彿鷹爪下的獵物，她毛骨悚然，倉惶地試圖逃避。但這毫無作用，他捉住她的手臂，將她反壓到牆上，一把撕下了她裹在身上的浴巾。

赤裸的胴體暴露在空氣下，胸口緊貼著冰冷的瓷磚，她的肌膚爆起了一陣陣寒慄。看不見他的臉，更猜不透他想做什麼，她不由自主地顫抖：「別這樣，求你……」

她的聲音哽住了，不知道自己能乞求什麼。

扣住手臂的力量極重，彷彿禁錮的鐵箝。一隻手忽然撫上她清瘦的背，反覆摩挲著刻印，低沉的男聲在她耳後響起：「這個身體裡的人是誰？」

她僵住了，無法回答。

他的手又重了一分，「告訴我，裡面的靈魂是誰？」

她緊緊咬住唇。

片刻後，他笑了一聲，聲音彷彿從齒縫中透出來，帶著無法形容的恨與怨：「我知道妳不會說，連審判所和斷頭台都無法讓妳開口，對嗎？」

他一手勒住細腰，將她翻過來，攬在懷裡，另一手拔出佩槍，冷硬的槍口抵在她的後心，「這是最新研製的槍，威力強大，一顆子彈能穿過三個人。」

鐵一般的手臂勒得她幾乎喘不過氣，傳入耳中的字句陰冷淡漠：「既然妳執意不肯說，就讓妳的心來告訴我。當子彈透過妳的胸膛，再帶著血穿透我的心臟，或許我就能知道真實的答案……」

她驚呆了，拚命地掙扎起來，衰弱的身體綿軟無力，反而被他扣緊了幾分。

沒有表情的面孔俯瞰著她，瘋狂的舉動與冷靜的話語截然相反，「我只數三下……」

「不！」她用盡力氣想推開他，「你瘋了！」

「一。」

她慌亂而恐懼，他卻靜靜地俯瞰，眼眸深處帶著冷笑，「二。」

「不！」

堅冷的槍口壓緊後心，她終於崩潰，失控地尖叫起來，「不！菲戈，是我！」

塵封已久的名字迸落在空氣中，世界似乎靜止了。

禁錮的手臂鬆開了，她虛弱地跌在地上，發顫的雙手掩住臉龐，「是的……是我……」

或許是因爲過度驚悸，又或許是因爲受寒，奧薇發起了高燒。

無數人在破碎的夢境中一一浮現，瑪亞嬤嬤慈愛的勸哄、母親溫柔的臉龐、娜塔莉熱情的笑顏、以撒傲慢的戲謔，還有父親……冷淡的綠眸依然帶著譏諷，卻奇異的不再讓她感到苦悶，反而變得遙遠而懷念。

有人在替她更換敷額的濕巾，擦去高燒的虛汗，苦澀的藥汁後總有一勺甘甜的蜜糖，模糊的意識讓她以爲那是嬤嬤，直到退熱後清醒，才發現無微不至的照料來自修納。

十年前他已經具備了極其優良的耐心，十年後依然未變。他替她測量體溫，定時餵藥，換下被汗水浸透的床單，像照料一個孱弱的嬰兒，無論何時都能看見他的身影，似乎從未離開。

或許他也不需要離開，他與她住在同一個房間、睡同一張床，只是極少開口。

她漸漸恢復了健康，有時在他睡著後，她會側過頭，在黑暗中靜靜打量他完美的輪廓。他突然睜開眼，精緻的臉龐微微一笑，冷峻的唇線變得柔和，融化了禁制的氣質——這僅存在於她的想像，現實中，他從來不曾微笑，一種無形的隔閡橫阻在兩人之間，比陌生人更疏離。

奧薇很清楚，她的存在是個意外的麻煩，令他倍感棘手。

這間房位於尼斯市政廳的頂樓，所有通道都由忠誠的近衛軍守護，防範的不是敵人，而是洶湧的民眾。

連日來，無數人群在樓下聚集，如果不是鐵血近衛軍的威懾，恐怕已經發生了暴動。佇立良久，她從露台俯瞰下去。露台很高，模糊的叫聲傳到這裡已被風吹散，但她能猜出人們在喊什麼。

燒死魔女！民眾在反覆呼喊。

密集的人群有如螞蟻，挾帶著摧毀一切的力量。她幾乎可以預想，一旦執政官被魔女迷惑而站在這股力量的對面，憤怒的人群將毫不猶豫地推倒昔日敬若神明的偶像，讓他與魔女一道化爲灰燼。

凜冽的寒風撕扯著衣角，她獨自看了很久，忽然被人握住手臂，拖離了露台邊緣。

奧薇回過神，修納正盯著她，指間扣得很緊，幽暗的眼眸竟似有一絲恐懼，她茫然地望著他。

修納很快地恢復了常態，淡淡道：「進去吧！外面風很大。」

她順從地走進去，他隨在其後，鎖上了通往露台的門扉，「桌上有甜點。」

她掠了一眼銀盤，「謝謝，我不餓。」

他堅持，「嘗嘗看，也許妳會喜歡。」

她沒有品嘗點心的心情，但還是掀開了銀蓋，香甜的氣息盈散鼻端，她突然怔住了。

「瑪德蓮火焰藍莓蛋糕，公爵府的侍女說妳最喜歡這個。」輕描淡寫的話語聽不出情緒，修納遞過一把銀刀，「宮廷御點師剛烤出來，試試是否如妳的嬤嬤所做的那樣美味。」

怔了很久，奧薇切下一塊，入口藍莓獨特的香甜，她的鼻腔忍不住發酸。

或許是蛋糕帶來了一些勇氣，她忽然開口：「菲戈……」

半晌，他極輕地應了一聲。

「你能……」她的喉嚨哽了一下，垂下了眼睫，「能再抱我一次嗎？我知道對著這個身體很奇怪，胸部也不夠豐滿……」過度的緊張令她微微慌亂，「如果你不喜歡這雙眼睛，我可以閉上……」

氣氛變得出奇的安靜，他沒有回答，站了一陣，忽然轉身走出了房間。

低垂的目光終於從盤子上移開，她放下銀刀，發抖的手掌痙攣地握起，輕輕嘆了一口氣。

獨自坐了半晌，門又開了，進來的不是修納，而是威廉近衛官。

他神色怪異地瞧了她一眼，指揮士兵用一堆木板將通向露台的落地長窗結結實實地釘了起來，一扇接一扇，房間內所有臨街的長窗都被粗厚的木板釘死。明亮的光線立刻暗下來，雅致的房間突然變成一個牢籠。

沒人說話，彷彿她根本不存在，改裝完畢，威廉又帶著士兵離開了。

林伊蘭怔怔地看著木板縫中透出來的光，隨著時間推移，光逐漸轉暗，心似乎也隨之寂滅。冷卻的蛋糕失去了鮮美的甜香，她強迫自己放棄思考，倚在床邊，漸漸睡著了。

夢裡，她又看見了瑪亞嬤嬤的臉，笑得滿是皺紋，慈愛地親吻她的臉頰。還有瑪亞嬤嬤的貓，在她腳邊來回打轉，蹦進懷裡，乖巧地舔舐她的脖子。她想揮開貓咪，但似乎有什麼捉住了她的手，她一下子驚醒過來。

壁爐燒得很暖，床頭燈的黃光籠罩著房間，修納撐在她身體上方，肌膚還帶著沐浴後的濕氣。不知什麼時候，他解開了她的襯衣，一手扣著她的腕，漆黑的眼眸猶如不可測的深淵，望了她一眼，忽然俯首輕咬她的細頸。

突然的刺激襲來，奧薇不由自主地吸了一口氣，「菲戈？」

失神中，她聽見一道低沉的男聲：「妳想要這個？嗯？」

話尾鼻音極重，帶著情慾的沙啞，令她突然口乾舌燥，心頭發癢，抬手遮住了眼。

修納強迫她的臉迎向光，手指一寸寸地描摩，彷彿在鑑賞一幅畫，發燙的指尖在輕顫的睫毛上停了停，「睜開眼睛。」

她沒有睜開，即使眸中的紅翳已經消失，眸色仍無法更改，她害怕在他臉上看到厭惡的神情，側過臉攬住他的腰，無言地邀請。

突如其來的劇痛撕裂了靈魂，她的眼前一片黑暗，完全無法呼吸，強烈的痛苦讓她開始抗拒。

修納反射性地按住，低哼了一聲。可怕的劇痛刺激著神經，她再也無法克制，不停地滲出冷汗，肌膚一陣陣顫慄，極力想推開他。

他終於察覺出不對，「放鬆……放鬆一點……」

奧薇聽不進去，身體有自己的意志，近乎瘋狂地掙扎。修納一疏神沒有壓住，一道火辣辣的指痕烙在肩頭。

她抗拒他！

從身體到靈魂都在反抗他的觸碰！

一股難堪的怒意湧上心頭，修納低吼出聲：「放鬆！妳以爲是在受刑？」

空氣一瞬間僵住了，只剩下兩人紊亂的呼吸。

修納沒有再繼續，坐在床沿背對著她，胸口急促地起伏。

僵滯的氣氛持續良久，痛楚逐漸平復，她望著修納線條分明的背脊，勉強開口：「抱歉！這個身體……對疼痛比較敏感。」

他什麼也沒說，起身走進了浴室。

她又做了一件蠢事，最後一點溫存的回憶也消失了，只剩破滅後的冰冷碎片。慢慢蜷起身子，她的指尖掐住肩膀，費盡力氣才能抑制顫抖。溫熱的淚爬過臉頰，一滴滴滲入了金色的床單。

不知過了多久，修納走出來，掀開被子抱起她。

頎長的身體冷得像冰，肌膚一觸，她忍不住縮了一下。

水流溫暖柔和，落在身上，像一張綿密的網，緊繃的神經一絲絲放鬆下來。

修納依然沉默，一道赤紅的指痕在麥色肌膚上，顯得異常刺眼。

奧薇覺得自己似乎應該說些什麼：「謝謝……你一直是最好的情人，總是這樣溫柔……」

修納沒有回答，許久後才道：「伊蘭，對妳而言，我是什麼？」

水順著髮梢流洩，模糊了視線，奧薇看不清他的表情，只聽見他沉沉的話語：「十年前，妳對我唯一的請求是抱妳，十年後依然如此。對妳而言，我究竟意味著什麼？」

她恍惚了一瞬，好一陣才回答：「對你而言，我又意味著什麼？」

他似乎澀笑了一下，話中有無限的苦痛：「妳是我綿延多年的惡夢！」

她怔了片刻，低下頭，關閉了水龍頭，「惡夢總會結束的……」

「怎麼結束？」他凝視著垂落的長睫，聲調多了一線冷嘲，「看著妳從露台上跳下去？」

濕漉漉的長睫顫了一下，她扯過浴巾，裹住身體，「他們已經等不及了！」

「知道嗎？我總會夢見妳，總是聽見妳在叫我。」修納置若罔聞，指尖觸撫她溫軟柔嫩的唇，彷彿陷入了某種幻境，迷茫般自言自語，「有時我在綠晶礦洞湖底，妳在岸上，美得像森林仙女；有時我在水牢，妳舉著火把，悲傷地叫著我的名字；還有一些時候我躺在實驗台上，妳低頭看著我……

無數次我夢見妳在地牢裡受刑，身上遍佈各種可怕的傷痕。我夢見妳在陽光下微笑，也夢見妳在絕望中哭泣，夢見妳用各種各樣的方式呼喚我，指引我去救妳。這些夢不斷糾纏，讓我日夜難安，發瘋一樣向上攀爬，哪怕變成妳所厭憎的惡魔……」

奧薇怔怔地看著他，想開口卻被打斷。

「我知道妳沒有呼喚。妳的性情既驕傲又克制，從不追尋、從不奢望，無論妳為別人付出了什麼，都不會奢求對方的回報。可我總會忍不住幻想，幻想妳需要我、在等待我，只要我足夠強大，總有一天妳會完完全全屬於我！」

傷感和痛楚溢滿了心房，他自嘲地苦笑了一聲：「多麼愚蠢的妄想！這種妄想驅使著我成了帝國執政官，沒人能違逆我的意願。我以為我能再度擁有妳，可我錯了，死神比我更強，它早就帶走了我心愛的薔薇……」

他的喉嚨哽住了，無法再說下去。

奧薇完全呆了，秀美的臉龐一片愕然，許久後才喃喃道：「不，這不可能……我是說，你不可能……」

他一言不發，靜靜地看著她。

緋紅的眼眸湧起了霧氣，她嘴唇輕顫，漸漸開始搖頭，「不……不會……」

他牽起她的手，在掌心落下一吻，「我愛妳。」

「不，你一定弄錯了，不可能是因爲我……」

又一個吻落在傷痕未癒的額角，「我愛妳。」

「不，你只是負疚，這完全沒有必要……」

下一個吻落在精緻的眉心，「我愛妳。」

「不，不對，你只是喜歡我過去的身體……」

再一個吻落在挺翹的鼻尖，「我愛妳。」

「不！」惶亂的聲音控制不住地發抖，「你已經是執政官，不可能還……」

「我愛妳。」一個吻落在溫軟的唇，印下十年前無法出口的愛語，「從過去現在到未來，無論我是誰，無論妳是誰，永遠。」

淚水湧進了奧薇的眼眶，無邊的酸楚淹沒了她的心湖，她再也無法自制，搗住臉，失聲痛哭，清澈的淚從指縫淌出，一滴滴落在他的胸膛，流進了哀痛的心底。

哭聲在安靜的浴室中迴蕩，久久無法停息。

修納倚著牆，環住她輕顫的肩，緊緊地擁住了失而復得的愛人。

從深夜到黃昏，從疏離陌生到熟悉如昔，無所不至的交談，讓他們找回了彼此。

壁爐邊的長沙發上依偎著兩個人，修納把奧薇攬在懷裡，語調低而溫柔：「從船上跳下來？妳知道那有多危險……」

她只是微笑，「幸好你曾經教我游泳。」

他的目光一刻也沒有離開過她柔美的臉龐，聲音有些啞：「冷嗎？」

「沒關係，時間不長。」她枕在他的肩膀，凝視著壁爐中跳動的火焰，「重生之後，我一個人生活，莎拉和艾利找到我，把我當親人一樣疼愛。有段時間，我總是作惡夢，莎拉整夜不睡地照看我，艾利絞盡腦汁給我講笑話。他們很窮，卻把所有錢用來給我買最好的食物，盡一切努力讓我相信我是奧薇……」

她停了半晌，才解釋般道：「主持後備軀體徵集的是我父親，爲了神之光，從莎拉身邊奪走了她最愛的女兒。莎拉一直在尋找奧薇，顛沛流離，過得很辛苦，眼睛也哭傷了。我無法告訴她，奧薇已經死了，佔據身體的，正是凶手的女兒……他們讓我重新回到正常人的生活，我不能讓她再失去僅剩的兒子！」

「對不起……」自責像小刀剜著心臟，修納閉了一下眼才開口，「我知道這毫無意義，但還是要道歉，爲所有我帶給妳的痛苦。」

對不起，讓妳因我而蒙受了恥辱，帶給妳各種各樣的傷害。

對不起，我沒發現妳活著，沒能及時找到妳，看著妳卻沒有認出妳。

對不起，我親口說了那些可怕的話，把妳視爲敵人一樣對待。

對不起，我冷酷地縱容別人傷害妳，用妳珍視的人去脅迫妳。

審判、通緝、懸賞、死刑判決、斷頭台……盲目和無知是一種罪，他一錯再錯，不可饒恕，甚至沒有資格祈求原諒。

「不是你的錯，我也該道歉，我沒想到你……」奧薇遲疑了一下，停住了話語。

修納的手臂將她摟得更緊，「伊蘭……」

她不想再說下去，打斷了他的話語：「能吻我嗎？」

修納頓了頓，放棄了話語，托起她小巧的臉，印下十年後的第一個深吻。

所有的意識都集中在彼此身上，睽違已久的思念令人沉淪而貪求，在意志潰敗的前一刻，他喘息著中止了吻，強迫自己放開她。

奧薇肌膚發熱，神智仍在昏沉。

過了許久，修納才開口說話，氣息恢復了自然：「冷嗎？我給壁爐加點柴。」

迷亂的氣氛散去了，他起身挑旺爐火，打鈴喚侍衛送來餐點，同時命人拆掉了封窗戶的木板。

雅致的房間又恢復舒適怡人，夕陽溫暖得令人恍惚。

用餐完畢，他仍把她擁在懷裡，奧薇避過先前的話題，談些輕鬆的生活趣事，氣氛一片安然。

忽然，她靜默下來，修納回過神，以目光詢問。

「你在想什麼？」暮光中，他俊挺的輪廓完美得不眞實，一絲現實的陰影襲上心頭，奧薇聲音淡下來，「如果是擔心……」

他打斷了她的話語：「只要妳在我懷裡，我什麼也不會擔心。」

腰上的手扣得很緊，箍得骨骼生疼，她卻沒有掙扎，只陳述事實：「剛才你走神了。」

他忽然笑了，隱隱的怒意淡去，多了一絲邪氣，「知道我在想什麼？」

不待詢問，他俯在她耳邊低低地說了一句話。

瑩白的耳垂一瞬間燒紅了，奧薇再也說不出一個字，怔怔地看著他。

修納笑了一下，「嚇到妳了？」

「不……」她臉頰飛紅，「我只是有點驚訝。」

修納笑容稍淡，攬著她的手臂改枕在腦後，「妳知道的，我本來就是一個流氓。」

她有些意外，又有些好笑，「你看起來似乎完全沒有慾望，卻突然說這種話。」

他沒有開口，目光變得幽深熾熱。

她戲謔地撫了一下他黑色制服上冰冷的銀釦，「現在的你和過去完全不同，從衣著到行為都一絲不苟，像一個絕對自制的執政官標本，可剛才又那樣……」

修納忽然道：「妳可以解開它。」

那種別具意味的笑容，讓她的心跳快了一拍。

他挑了挑眉，「不想仔細看看妳給我的身體？」

她的目光不由自主地溜到制服遮蔽下的胸膛，立即又移開。

修納不疾不徐，平淡的語氣挾著曖昧的挑逗：「妳的新身體我觸摸過每一吋，不過那時妳在昏迷。」

奧薇的臉一瞬間全紅了，即使在過去，他也不曾如此放肆地調情。

「這對妳不太公平，所以基於平等的原則……」修納牽起她的手，放在最上端的一枚銀釦上，「我願意任妳擺佈。」

深邃的眼神似笑非笑，像是在取笑她的羞澀。

奧薇心跳得越來越快，彷彿某種莫名的力量誘惑，驅動了她發燙的指尖。

第一顆銀釦開了，接著是第二顆、第三顆……黑色制服逐漸敞開，而後是筆挺的襯衣。

這是一副比例完美的軀體，寬肩窄臀，肢體修長，光滑緊致的皮膚包裹著肌肉，每一分線條精悍有力，麥色肌膚上散佈著一些細碎的疤痕，刻劃著軍旅生涯中的無數次冒險。

他緊緊盯著她，暗眸彷彿有火焰燃燒。

奧薇沒有注意他的目光，她在注視一處醒目的槍痕，這處離心臟很近，足以想像當時的凶險。她看了很久，輕柔地撫過猙獰的傷痕。

指下的肌肉立即繃起來，他再按捺不住，扣住她，激烈地索吻。

迷亂中，她感覺衣襟被扯開，前一次疼痛的回憶讓她回到現實，「菲戈，不行，我……」

修納吻著脆弱的鎖骨，耐心地摩挲她微僵的背，「別怕，這是妳給我的身體，它會讓妳快樂。」

不安中，她猶豫而掙扎，「或者讓我先喝點酒……」

「相信我，妳不需要。」

動人的聲音似乎有種溫暖的魔力，淡化了難言的恐懼，她終於放鬆下來。

衣服一層層剝離，赤裸的身體糾纏難分，炙熱的吻燃起情慾，讓她渴望著更親密的觸碰。

他的手從纖柔的腰線滑落，去探索她最神祕的誘惑。她想退縮卻被按住，陷落在綿密的吻中。

他試探這青澀的身體、尋找開啟的奧祕。她忍不住顫慄，陌生又熟悉的歡愉越來越強烈。

耳畔有種極其沉重的呼吸，一滴滴汗順著他的髮梢滑落，墜落在她的胸口，他俊美的臉龐十分僵硬，帶著隱忍壓抑的痛苦。

「菲戈，」奧薇抬手觸摸他汗水涔涔的臉，「來……」

一點一點緩慢地鍥入，他又一次感受到那種束縛。原始的本能在血脈中奔湧，他盡一切力量禁錮住肆虐的衝動。她是那樣甜美，又是那樣脆弱，再也經不起一點傷害。

疼痛依然存在，卻似乎不再可怖，她仰起臉看著他，「沒關係，讓我感覺你。」

最後一線理智崩潰，修納化成了放縱的野獸。他握住她嬌美的臀，讓慾望徹底深入，放肆地榨取所有甜蜜。

她紊亂地呼吸，攀住他的指尖微微發顫。他清楚自己該放緩一點，該讓她逐漸適應，但美妙的滋味比無數次幻想的更刺激，迫使他瘋狂地衝刺。

當洶湧的快感來臨，她聽到了低啞的呻吟，頎長的身體緊緊抵住她，釋放出了一切……

一隻手繞過肩，替她拉起了被子。

肌膚還帶著汗意，倦怠的身體有種懶洋洋的酸乏，奧薇抬起頭，一個吻落下來。

親暱的氣氛極溫馨，修納低低地詢問：「疼嗎？我想我有點失控。」

「我很好。」她輕笑一聲，回吻了一下，「也很快樂，比我想像中更好。」

修納笑起來，深情的黑眸盈滿了自豪。

無意中瞥見肌膚上的點點紅印，她有些驚訝：「你以前從不在我身上留下痕跡。」

「那時妳不屬於我，」修納的手流連在她細瓷般勻美的曲線上，迷戀而沉醉，「現在妳是我的，我的伊蘭……」

她忽然有幾分猶疑，「你……喜歡嗎？它和以前不太一樣，而且我的眼睛……」

「很美，和過去一樣動人。」修納吻住了愛人的彷徨，「我喜歡這雙漂亮的眼睛，真實地展現妳的情緒，在妳最快樂的時候，它會變成璀璨的金紅，妳一定不知道那有多美，勝過世上一切色彩。」

奧薇好一陣沒有說話，而後她抬起手，蒙住他深邃溫柔的眼，「菲戈……」

修納沒有躲避，任她覆住雙眼，「嗯？」

「我愛你。」

他的呼吸忽然停了。

「我愛你，我只要擁抱是因爲我不敢說愛，我怕你並不愛我……」他看不見她的臉，這讓她有勇氣繼續說下去，「在法庭上，我見到你，可我無法說出口。我已經是聲名狼籍的魔女，你卻是帝國最高貴的執政官，死去的公爵小姐或許會讓你懷念，活著的魔女卻只會帶來災禍……」

她哽了一下，聲音抑不住地發抖：「是的，我還活著，但這並不比死了好多少，人人都厭惡這雙紅眼睛，我想這或許是報應，我父親殺了太多人，爲了保護林氏，我也一樣……」

他反握住她的手，她的眼淚無聲滑落，「我們不該在一起，我會把你一起拖進地獄，徹底葬送你辛苦得來的地位。到此為止吧！我會永遠記住你給我的溫柔……我愛你，從十年前你在雨中抱起我，從十年前你第一次吻我，我便一直愛你，你是我在這個世界所遇到最好的一切！」

她的心已經被絕望徹底粉碎，乖戾的命運從來沒有給過他們相守的機會，即使他已身居高位，即使他的擁抱溫熱如昔，黑暗的現實卻依然堅不可摧。時間造就了截然逆轉的境地，也劃開了一條不可逾越的鴻溝，在結束前的片刻溫存，已是一種奢侈。

明知如此，她的眼淚卻無法停止，被修納一把掙開，反身壓住她。

「我只告訴妳一件事！」盯著淚痕交錯的臉龐，修納瘖啞的聲音近乎低吼，「如果妳選擇死亡，我絕不會多活一秒！地獄是嗎？我們一起去……」

40 隕落

一則令人震驚的流言，在帝國飛速擴散——

西爾國最尊崇的執政官閣下被魔女迷惑，徹底喪失了理性。他不但沒有將魔女處刑，反而與她夜夜交歡，忘記了身爲領袖的責任，公然庇護魔鬼的使徒。

一度受到狂熱擁護的領袖突然間蒙上污點，人們無法理解，更無法原諒，越來越多的民眾聚集到尼斯城，圍住了執政官所在的建築，要求以火刑處決魔女。

隨著時間流逝，人們的情緒日漸激動，呼喊變成了憤怒的咆哮。受魔女迷惑的執政官一併成爲詛咒的對象，激憤的人群無法忍受邪惡的魔女污穢帝國，開始焚燒象徵執政官的木偶抗議。

奧薇沒有看到報紙，也聽不到外界任何訊息，但能猜想到大概。憂慮像巨石一樣壓在心口，讓她日夜難安，她想提及，卻屢屢被打斷。

奧薇勉強掙起來，取過床邊的衣服，剛一觸及就被修納奪去扔開，強健的手臂輕易把她圈回懷中。

「菲戈！」奧薇極少生氣，但這次很難控制住憤怒。

「知道十年前我最討厭什麼？」修納聽而不聞，強勢地把她壓在枕上。

她稍停了掙扎。

「最討厭妳一結束就穿上衣服，讓我覺得自己簡直像個男妓！」

奧薇怔了一下，「那是……」

「那是因爲妳沒有安全感，貧民區讓妳害怕。」不等解釋，修納已經替她說出來，「可現在不同，幾百名絕對效忠於我的士兵守在外面，就算是一群犀牛都不可能衝進來，妳完全不必再有任何顧慮。」

奧薇嘆了口氣，情緒平靜下來，「菲戈，我們必須談談。」

「我不想和妳談。」修納不爲所動，神情和語調一樣沉靜，「我們過去的相處太短，溝通太少，我很清楚妳始終對我缺乏信任，即使我說愛妳。」

「不，我相信，只是……」

修納淡淡地打斷她：「只是妳根本不信有人能和妳一樣，堅守自己的心。」

奧薇啞口無言。

「妳對人性太瞭解，所以從不寄予過多期望。妳的心在告訴妳別高估這個男人，即使他一時沖昏頭，幹了諸多傻事，都僅僅是因爲歉疚和責任。他把持過權勢的魔杖，不可能再忘記那種滋味，遲早他會怨恨妳、詛咒妳，爲自己愚蠢放棄的一切後悔不迭。」

奧薇完全無法開口。

「或許妳是對的，我不值得信任；又或許妳是錯的，世上並不僅是妳一個人珍視感情，這一切只能以時間而非言語來證明。」修納凝視著她，微微一笑，「我不會說動人的誓言，因爲一切誓言都可能被打破；我不會許下承諾，因爲妳不信空洞虛無的承諾；我只能說，我希望每一天醒來妳都在枕邊，每一個夜晚都與妳相擁，無論拋棄什麼，都是爲這一自私的心願。」

緋紅的眸子湧起了淚意，猶如美麗絕倫的寶石，「你知道這意味著什麼？」

「意味著我很貪心，試圖用骯髒的手去攀折一朵高貴的薔薇，將她據爲己有，永遠珍藏。」修納低沉的聲音極溫柔，「伊蘭，說妳愛我，不再逃避、不再猶豫，從靈魂到身體都屬於我。」

「可你會……」

他低頭吻了一下她細柔的手心，「妳願意要這樣一個男人？他過去是個流氓，將來也同樣如此，他有罪惡的靈魂、低劣的習性，做過無數卑鄙可恥的惡行，那些惡魔般的行徑，他甚至不敢讓妳知道，害怕玷污妳無瑕的靈魂。妳是否會嫌惡他、拒絕他？」

「不，你很好，是我……」

修納不再讓她說下去：「那麼說愛我，說我們再也不分開，無論何時何地。」

幽深的眼眸承載著無盡的愛意，讓她無法再抗拒。

許久之後，奧薇哽笑了一下，鼻尖微紅，「我愛你、屬於你，只要你願意，我們永遠在一起，從現在……到將來的每一刻！」

彷彿拋掉了某種沉重不堪的負荷，奧薇不再去想迫在眉睫的危機，不再去想毫無希望的未來，從身體到靈魂徹底放鬆，恣意享受與愛人相依的感覺。

他的頭髮眼睫、臂膀與胸膛，說話的神情、微笑的模樣、凝注的目光，各種各樣的姿態都讓她無比依戀。他們彼此相屬，彼此佔有，這個封閉的空間隔絕了世界，無比安寧，也無比美好。

快樂中忽然生出一絲隱憂，結束了一場飛鏢遊戲後，奧薇想起某種意外的可能，「菲戈，以前那種草藥，你還有嗎？」

正收起飛鏢的修納停了一下，擁住她許久才道：「別擔心，近年研製出了另一種藥，我一直在服用，絕不會再犯下那種不可饒恕的錯。」

奧薇微訝地看著他，禁不住有絲疑惑。

「你怎麼會……」她一直以為秦洛會把這個祕密永遠埋藏。

修納沉默了一陣，語氣森寒：「我殺了那個醫生。」

她怔住了，「這與醫生無關，是……」

「他親口承認是故意讓妳流了那麼多血，因為喬芙給了錢，希望妳死在手術檯上。」

喬芙？她有點明白了。

他握住她的手，指尖冰冷，「我知道，其實該死的不是醫生，而是喬芙，更該死的是我……」

她忽然吻住他，封住了所有自責的話語。撫慰的吻驅散了森冷的戾氣，讓修納的情緒逐漸平復。

「沒關係，一切都過去了。」她柔和低語。

修納身體依然僵硬，手臂環得很緊，「伊蘭，妳恨我嗎？我帶給妳那麼多痛苦，讓妳陷入了惡夢般的境地，給予妳各種殘忍的傷害，我還……殺了妳父親！」

她從未見過他如此不安，俊美的臉龐佈滿恐懼，彷彿在害怕失去。

想了想，她輕道：「我父親曾說過，軍人就該死於戰場，這或許是他所期盼的結局。他和我，以及林氏，都屬於那個覆滅的時代，就像新生必然與死亡相伴，這是歷史的宿命，無論結束者是誰。謝謝你安葬了他，沒有讓他受到污辱。」

「伊蘭……」修納心潮起伏，喃喃地低喚，「妳有世上最美好的靈魂！」

「我並不像你想像的那樣善良，在地牢裡的時候，我無法理解人爲什麼能如此殘忍地對待同類，極度惡毒又極度扭曲，我甚至開始憎恨，認爲神根本不該創造出這種生靈！」奧薇眉間掠過一絲陰影，臉色微微蒼白，「後來我沒有死，但也不懂爲什麼而活，變得消極冷漠，是莎拉和艾利讓我重新體會到一些值得珍視的情感。」

或許人就是這樣一種矛盾的生靈，既智慧又愚蠢、既仁慈又殘虐、既樸實又蒙昧，才創造出這一光影並存、複雜多變的世界。

「如果這個世界容不下妳，也就毫無存在的價值。」修納很久才開口，聲音低啞，「對不起，儘管我做了執政官，卻沒有把醜惡的一切變得稍好。」

經歷過無數風霜血雨，緋紅的眼眸卻依然清澈明亮。跨越十年的光陰，跨越翻覆的命運，她靜靜地凝視著他，「不，你把最好的自己給了我。」

他終於笑起來，氣息變得柔軟，「還不夠好，我……」

猝然一聲窗戶的裂響從樓下傳來，打破了這一刻的溫馨。騷亂的人群在向大樓投擲石塊，奧薇的笑消失了，這層樓所在的高度不會被石塊波及，但民眾的憤怒，顯然已無可遏制。

修納拉住想起身的她，「不必理會。」

「你打算怎麼辦？等他們衝上來？」

「別擔心，」修納莞爾，「我已經想好了，只在等一個人。」

奧薇心念一轉，剛要開口，修納側了下頭，彷彿在傾聽什麼，而後微微一笑，「他來了！」

幾乎同時，奧薇聽出走廊急促的腳步，剎那間已臨近房門。她立即去拾丟在一角的衣服，卻被修納一把拖回，低笑聲震得耳畔發癢，「相信我，來不及了。」

一聲震耳欲聾的槍響，破碎的木屑紛飛，堅固的銅鎖轟然而開。修納把她壓在身下，隨手一扯，雪白的床被飛揚開來，覆住了兩個人。

司法大臣秦洛轟開門鎖，一路闖入臥室，平日的風度蕩然無存，眉間殺氣畢露。

威廉跟在其後，完全沒有勸阻的意願——他很清楚目前的局面該由誰來負責。

狠厲的目光一掠，秦洛走進內室，直至床邊，握槍的手背暴起了青筋，槍口指向的目標被執政官擋在身下，不露半點身形，只剩一把微捲的長髮散在枕上，完全無隙可乘的女人。

秦洛眼皮一跳，極力抑住暴怒，「修納，我很高興你禁慾十年後又對女人產生了興趣，但這女人不行！」

懷中的身軀動了一下，被修納按住。

「整個帝國裡的女人隨你挑選……」秦洛咬牙切齒地迸出字句，「任何一個大臣的妻子我都可以幫你弄到手，只有她絕對不行！」

修納一手握住秦洛的槍，慢條斯理地支起身，「洛，你比我想得更急躁，至少該用手敲門。」

秦洛氣得幾欲爆裂，怒火沸騰的目光忽然定住了。

帶起的床被下現出了魔女俯臥的身形，露出的半截裸背上除了遍佈的吻痕外，還有一枚黑色的神之光刻印，與修納身上的如出一轍。

秦洛眼瞳收縮，死死盯住了那個刻印。

修納拉上被單，中止了秦洛的窺視，「她的背確實很美，不過只屬於我。」

秦洛強迫自己冷靜下來，語調多了一分謹慎：「她是誰？」

修納唇角帶上了笑，「魔女奧薇。」

秦洛齒間咯吱一響，話語極慢：「我是說，身體裡的人是誰？」

「洛，你騙過我許多次，」修納空前的輕鬆，語氣十分愉快，「不過有件事你說對了。」

秦洛額角的青筋跳了跳。

「你說過她是公爵的女兒，不會死——這句話非常正確！」修納笑容越來越大，精緻的臉龐呈現出眩目的光采，「眞高興你當初騙了我！」

秦洛徹底僵了，彷彿連思維都凍結了。

修納逕自微笑，低頭打趣身畔的魔女：「要不要向老朋友致個意？」

威廉從未見過執政官如此愉悅，更沒想到狡計百出的司法大臣會突然間呆若木雞，不禁在一旁目瞪口呆。隨後，他聽見一道動聽的聲音，帶著憤怒，從被褥下迸出——

「你們都給我滾出去！」

剎那間，空前的寂靜，隨即，修納霍然大笑起來。

魔女的怒罵產生了奇蹟般的效應，秦洛從僵立中回復，驀然收起槍，走出了臥室，「我在外間等你。」

威廉傻在當場，直到修納挑了挑眉，才驚覺過來，狼狽地退出了房間。

修納從地毯上找回散落的衣服穿上，在愛人的長髮上吻了吻。

「等我，很快就回來。」

秦洛沒有理會在一旁不停眨眼的威廉，他點起煙，反覆吸了五、六次，才勉強抑住情緒，腦子裡卻依舊亂轟轟一團，幾乎無法思考。

修納走出來，外套隨意地披在肩上，襯衣鬆鬆地扣了幾顆釦子，微亂的頭髮十分慵懶，看起來卻神采飛揚。

短短數日，嚴峻冷漠的執政官完全換了一個人！

從內心而言，威廉樂見這種轉變，但他無法理解尊貴的執政官閣下爲何會看上一個魔女。從行刑起至今，修納的種種舉動大爲失常，以至於他幾乎相信了外界的流言——執政官受到魔女的魔性誘惑。

他熱切期盼秦洛能以強勢的行爲及深厚的友情喚醒修納，可此刻似乎連秦洛都陷入了惶惑，就算修納已經站在面前，他依然一言不發，一根接一根地抽煙。

就在威廉極想上前踢他一腳時，秦洛終於開口，問的卻是一句莫名其妙的話：「你確定是她？」

修納隨之點了一根煙，這在威廉的記憶中可以說史無前例。他吐了個完美的煙圈，回答同樣令威廉一頭霧水：「你應該相信我的判斷。」

秦洛心緒更糟，語氣惡劣地挖苦：「看得出你仔細地檢查過每一吋，滿意嗎？」

「非常好！」修納神祕而曖昧地微笑，「那種滋味，你絕對無法想像！」

威廉覺得自己大概產生幻聽了，又或是面前的兩個人已經被魔鬼附身了。

秦洛居然絲毫沒有憤怒驚詫，默默地又抽了一會兒煙，道：「你想清楚了？」

「嗯。」

「代價是……」

「沒關係，」修納望著指間瀰散的煙霧，異常平靜，「就算神的意願是讓我們一起毀滅！」

秦洛許久沒有出聲，忽然道：「能讓我見見她嗎？畢竟也算故人，總該問候一聲。」

修納看了他一眼，走回內室，片刻後又出來，眼眸中躍動著笑意。

「她說不想見你，相信你也不是眞想見她，所以只有一句話讓我帶給你……」修納頓了一下，語氣輕謔，「她說你挑戒指的眼光太差了，那枚鴿血寶石是她所見過最醜的！」

半晌，秦洛勉強笑了一下，笑容有些澀意，「確定不後悔？」

修納神情安然，「無論是什麼結果，我們都會在一起。」

「我明白了。」秦洛最後深吸了一口，隨手彈掉煙頭，拉開門走出去。

威廉惶然跟上去，一路在走廊上追問：「閣下，這究竟是怎麼回事？難道您也被魔女迷惑了？您不能放任執政官閣下肆意妄爲，時局已經糟糕透了，外界一致抨擊……」

「威廉，你知道修納以前愛過一個女人。」秦洛停下腳步，疲憊地搓了一下臉。

「林公爵的女兒，但她很久以前已經去世了。」威廉當然清楚，更明白這位公爵小姐一度與秦洛有過婚約，但他完全弄不懂三者之間的關係，因而從不敢探問。

秦洛心頭冷熱交雜，難以說清是什麼滋味，「她從地獄回來了，所以……修納完了！」

「完了？」威廉激動地叫了起來，「我不明白，您究竟是什麼意思？您要放棄執政官閣下嗎？」

秦洛拍了拍威廉的肩膀，神色悵然，「找個房間讓我休息，然後，我給你講個故事。」

送走秦洛，命人重新換上門鎖後，修納走回臥室。

奧薇站在壁爐邊，火光映著她瑩白的臉頰，濕淋淋的長髮垂在身側，異常嬌柔嫵媚。他欣賞了一會，攬著她在長沙發上坐下，沐浴的濕氣混著體香，令他心神蕩漾。

「菲戈，」緋紅的眼眸望著他，有些不確定，「這十年來你一直沒有女人？」

修納吻了一下她柔白的細頸，「現在有了。」

「為什麼？」

修納低笑了一聲，「妳給過我最好的，所以我無法再去抱別的女人。」

「可我已經死了。」

「對我來說，妳一直活著。」他拉過她的手，按在自己的胸口，「在這兒。」

心口酸澀得近乎疼痛，奧薇倚在愛人的肩頭，半晌才能說話：「爲什麼他們說你討厭綠眼睛的女人？」

「妳是因爲這個才不願說出身分？」修納怔了一下，低咒了一句才道：「秦洛曾經在我房裡安排了一個女人，刻意找了和妳以前一樣的綠眼睛……把她扔出去的時候，我大概有點粗暴。」

奧薇啞然無語。

「他知道我愛綠眼睛。」修納忽然笑了，黑眸閃閃發亮，「還記得妳在我屋子裡醒來？那是我第一次看清妳的眼睛，比春天的森林更美。妳翻東西時一定很慌，沒注意姿勢有多誘人，特別是那雙漂亮的長腿，足以讓男人變成發情的野獸，恨不得立刻把妳按在床上。」

他的眼神讓她一陣顫慄，「可我現在已經……」

「我以爲對妳新身體的迷戀已經夠明顯，看來還需要表達得更熱情，」修納輕而易舉地挑開了她的衣釦，從肩頸一直吻到背後，動作和語氣一樣熾熱，「無論妳變成什麼模樣，我都只會慶幸，妳不會明白我有多感激神讓妳活下來，還給了妳健康的身體……」

模糊的話語和吻突然停了，修納靜了一會兒，將她翻過來，摟在懷裡，「伊蘭……」

她不解地望著他，緋紅的臉頰，美得讓人移不開視線。

「以撒曾經對妳無禮？」

奧薇一怔，「他吻過我兩次。」

修納眼神深了深，「吻？他還有沒有做過什麼……」

奧薇想起來，「在你找到我的前一刻，他提出讓我做他的情婦。」

修納的眸子更黯了，「情婦？」

「爲了得到神之火，大概他還覺得當里茲皇儲的情婦是種榮耀。」奧薇淡淡道，「雖然他冷血狡詐，但從身分立場來說倒也無可厚非，我還得感謝他從斷頭台上救了我。」

修納沒有接話。

奧薇微詫，「菲戈？」

眸中的陰冷一掠而過，修納一笑，「沒什麼，畢竟他救了妳，我在想……該怎麼致謝？」

煙灰缸裡塞滿了煙頭，一縷極細的煙騰起，在寂靜的空氣中消散。

秦洛晃了晃杯子，發現是空的，隨手擱下，發暗的眼圈難掩疲倦，「明白了？那位林氏公爵小姐與現在的沙珊魔女是同一個人——修納找了她十年！」

威廉呆望了秦洛許久，終於理解了他所聽到的無法想像也難以置信的內容。

「從我第一眼看到他們在一起，就知道她會毀了他，但沒想到會是在這個時候，以這種方式。」秦洛揉了揉眉心，脫力地癱在椅子上。

威廉困難地開口，結結巴巴道：「這未免太巧，怎麼可能死去的人會……我是說，這可能是魔鬼的戲法，或許我們該去找個驅魔師……」

「就算她眞是魔鬼的化身，修納也不會在乎。」秦洛苦笑了一聲。

「您相信這一切是眞的？」

秦洛停了一陣，垂下眼皮，「我想是眞的。」

一切細節拼湊起來，呈現出一個無法否認的事實，那些從未深想的蛛絲馬跡、莫名的熟悉感、突兀離奇的問話同時有了答案。

爲什麼接獲急報的時候沒有想到？從過去到現在，修納只會爲一個人發瘋！

林伊蘭——這個名字改變了他們的一生，當整個帝國踏在他們腳下，命運之神卻以惡作劇方式將她呈現在眼前，令一切轟然坍塌。

威廉在一陣混亂後，終於想起關鍵，「執政官閣下到底打算怎樣處理這一切？」

秦洛不答反問：「如果你是修納，會怎麼做？」

威廉臉色變了幾變，最後漸漸發白，「我不知道，如果民眾要求處死的是西希莉亞……」想起方才兩人之間的對答，他終於領悟過來，「修納閣下會……」

「你猜對了，以後他將不再是執政官，而是魔女的同黨，西爾人民的公敵。」

威廉渾身僵硬，慢慢坐下來，一時沒有說話。

「我們即將面臨一場變局，盡快替我聯絡報業總編和這幾位大臣。」秦洛取過筆，隨手寫了幾個名字，毫無平日的戲謔，「你應該清楚眼下的處境，如果還想保住自己的家族，徹底照我說的去做！」

室內安靜良久，一道僵澀得幾乎不像威廉的聲音終於回答：「是的，閣下。」

魔女的陰影籠罩著帝國，政壇颳起了一場空前的風暴。

以司法大臣秦洛爲首，在報紙上抨擊執政官行止失當，要求他立即交出魔女，重新處刑，公開應對大臣們的質詢，並質疑修納循私瀆職，有負於帝國領袖之位。

文章言辭激烈，鋒芒畢露，字字聲色俱厲地譴責。這位重臣在危急時刻，以決裂的姿態站在昔日故友的對立面，鮮明的指向，迅速贏得了眾多大臣和民眾的支持，紛紛在報紙上發表文章回應。時局越來越緊張，甚至傳出勸誡修納未遂的威廉近衛官憤然辭職的消息。

同盟背棄而去，大臣眾口一辭，修納卻保持沉默，完全不理會任何質詢。民眾的怒火越燒越旺，人們在街頭演說，散發寫滿鼓動之辭的傳單，四面八方的人流匯湧到尼斯城，隨時可能爆發出驚濤駭浪。

在激流與漩渦翻湧的尼斯，外界輿論認爲正處於沮喪與激憤中的司法大臣秦洛拒絕接見任何客人，他在臨時寓所中閉門而居，祕密向帝都寄出一封又一封急件，直到某天，一位突兀的來客到訪。

「以撒閣下，」秦洛不失親切地致意，彷彿之前混亂全國的劫囚事件，與這位特使毫無關聯，「您的拜訪讓我十分意外。」

以撒優雅自在地致禮，「非常感謝閣下在如此特殊的時刻破格接見。」

秦洛捨棄了迂迴，道：「您在信上說有機密要事相商？」

「確實如此。」以撒微笑，「我保證您會對此感興趣。」

秦洛適時露出聆聽的姿態。

「在沙珊之戰結束後，相信里茲與西爾之間已經充分信任，過去一些錯誤造成的裂痕也得到了彌補，我提議兩國之間增訂一份協議。」

「協議？」秦洛神色不動，「具體內容是……」

「沙珊一戰儘管全勝，但戰後重建並非易事，對貴國的財政影響不小，出於友誼，里茲願意出資協助西爾更好的發展，促進兩國在新能源領域的全面合作。」以撒侃侃而談，「同時我提議兩國之間的藍郡爲緩衝區，增進雙方互信，任何一方都不許軍事力量及相關人員涉入，從協議訂立之日起生效。」

秦洛慢慢咀嚼其中的含意，一時沒有開口。

「還有一份禮物，作爲協議附帶，由我私人饋贈。」以撒從懷中取出一枚銀盒，在秦洛面前打開，「相信您一定聽說過這件特殊的珍品。」

一雙半透明的晶石鏡片完好地躺在黑絲絨墊上。

「以撒閣下思慮如此周詳，有您這樣的俊傑，眞是里茲之幸！」秦洛接過來，注視了一陣，緩緩道：「不過我不懂，您爲何來找我？」

政治巨變前夕，秦洛竟然沒有立刻趕回帝都把持大權，僅僅是停駐尼斯，進行口頭譴責，這種異常的行爲已足以令以撒透析。但他沒有點明，技巧地回答：「目前的局勢對執政官閣下極爲不利，但我相信，以您的睿智，一定會作出最適合的安排，將政治與友誼兼顧周全。」

秦洛思考片刻，道：「我無法確定貴國是否有決心徹底遵守這份協議。」

「我以我的身分和名譽保證。」英俊的眉目間忽然多了一種難以描述的氣質，以撒顯得莊重而威嚴，「我可以在西爾待上三個月，直到閣下的疑惑煙消雲散。」

「以撒閣下的地位無可置疑，誠意也令人感動，只是其中還有一些問題，比如……」秦洛莞爾一笑，話到最後，聲音壓得極低。

以撒不由自主地傾身聆聽，猝然間看見對方不懷好意的一笑，猛然警惕卻來不及，腹部已然遭受重擊。

這突襲的一拳極重，以撒痛得眼前發黑，痙攣地彎下了腰。

秦洛的眼神邪惡而戲謔，語調卻是一派矜持堂皇，「這是執政官閣下的私人贈禮，回報你過去對她所做的一切。另外，關於斷頭台，他讓我代爲向你致謝，作爲謝禮，西爾願與貴國訂立協議，在三年後共用新能源技術。」

忍住腹部的疼痛，望著面前那張極其欠揍的臉，以撒緊緊咬牙，擠出了一個難看的笑。

41 誓言

喧嘩的民眾包圍的尼斯市政廳地下一片安靜，一條不為人知的密道蜿蜒盤旋，隨著階梯層層向上，舉著手提式晶燈的男人叩了三下通道盡頭的板壁，片刻後，板壁忽然移動，現出了一間明亮的書房，陷身於政治風暴中心的修納執政官在兩步外微笑以待。

從移開裝飾鏡後的暗道中走出，秦洛問出疑惑：「你怎麼會知道這條祕道？你選擇駐留於市政廳，就是因為這個？」

沙發前的小桌已放好了精致的茶點，修納遞過一杯熱茶，兩人坐下來，「從帝都出發之前，我調閱了尼斯城所有資料，包括重要建築的圖紙，發現早年的尼斯大公在主持修建市政廳時，祕密留了一條通道，這條通道連接著尼斯城地下水道，出口極其隱祕，出於某些原因一直封閉著，少數幾個知情的人，我已經預先處理了。」

即使意外衝擊令修納情緒失常，他處事卻依然縝密無比。

秦洛挑了挑眉，「假如她已經被里茲人帶出了國境？」

「那樣會略微棘手一點，需要使用部分武力。」修納輕描淡寫地回答，「我相信里茲人最後會把她安然無恙地送回來。」

秦洛啞然，將裝有晶石鏡片的銀盒推到修納面前，換了個話題：「里茲皇儲自己找上我，不僅給了鏡片，還提出將里茲與西爾之間的藍郡設爲非軍事地區，這種建議幾乎等於邀請。」

奧薇的眸色太明顯，能認出修納的民眾也不在少數，藍郡是距離尼斯城最近的安全地帶。

鑒於里茲的威脅，修納原打算放棄這條路，從以撒手中弄回鏡片後另行安排，沒料到里茲皇儲竟然出乎意料地提供機會。

聽完秦洛的敘述，修納沉思了一刻，道：「以撒思維十分敏銳，伊蘭說以撒猜出了她的身分，或許他後來又發現了什麼，所以看穿佈局，直接找上你。有這位皇儲，里茲的未來不可小覷！」

「沒關係，三年後他們才能拿到新能源技術，研究透徹又至少要花上三五年，全面投入應用更需要一段時間，足夠兩國拉開距離。」秦洛說著，壞笑起來，尊貴的司法大臣，忽然得意得像惡行得逞的流氓，「你眞該看看他那時的表情，高貴的皇儲閣下一定從未體驗過挨揍的滋味！」

修納笑起來，「那一拳夠重？」

「和你當年揍我的拳頭一樣『輕』，」秦洛咧開嘴，雙手交扣，壓得指節一響，「我擔保他記憶深刻！」

一時間，無數回憶湧上，氣氛異常輕鬆。

半晌後，修納收起笑，「謝謝你，洛。」

「這是我欠你的。」秦洛靜下來，嘆了口氣，「眞的不後悔？」

「我清楚自己要什麼。」修納望著多年來並肩同盟，熟悉如彼此影子的兄弟，「洛，你也明白你要什麼，我們都得到自己想要的，眞好！」

秦洛的神情有些黯淡。

「你一直比我更適合政治，」即將踏上逃亡之路的修納微笑道，「不必替我惋惜，我得到了更好的！」

秦洛垂下了眼眸，「她……和過去一樣？」

修納看了一眼臥室的門，神情溫柔，「她經歷了太多傷害，我們又分離得太久，幸運的是，某些最重要的東西，我和她都沒有變。」

秦洛停了一瞬，忽然道：「我想見見她。」

修納沉默了一下。

「我明白她不想見我，」秦洛自嘲，搓了下臉頰，「但至少……有些事我該道歉。」

修納走進臥室，片刻後回到書房，「她說不需要。」稍稍猶豫，他補充道：「她說你一貫只爲自己的立場考慮，從不會做錯任何事。」

秦洛苦笑，他很清楚這種道歉對她而言是多麼廉價虛僞、不值一顧，「我知道我是個不折不扣的混帳。」

「我們都一樣，在權力中浸淫得太久。」修納氣息微滯，半晌後才道：「洛，你還記得貧民區的日子嗎？那時我們曾希望有力量改變底層民眾的生活，可現在掌握著帝國的權杖，卻完全忘記了昔日的願望。」

秦洛心頭一動，沒有開口。

「我們摧垮了皇室，絞死了貴族，結束了一個時代，可多數人的生活並沒有因此變好，依然毫無希望地匍匐在泥地裡掙扎。」修納凝視著密友，若有所思，「最初我們忙於鞏固權位而無暇顧及，但到了現在，在攫取自身利益的同時，或許該爲他們做點什麼了。」

「你變了！」秦洛靜默良久，終於嘆息，「不，或許該說這才是眞正的你，我曾以爲……」

秦洛沒有再說下去，修納抬起手，按住他的肩，「對不起，我突然自私地離開、把一切責任全扔給你。」

「是她……」秦洛斜了他一眼，「跟你談了這些？」

「她什麼也沒說。」修納搖搖頭，否認了他的猜測，「只是近幾天我似乎對許多事有了另一種看法。」

秦洛心底有些感慨，鼻端輕哼，「我該欽佩愛情的偉大？」

「洛，軍人政治的時代過去了，今後更適合由你來延續。也許我們很難再見，相信你會讓自己生活得很好。」修納微笑，淡淡的話語意味深長，「我想，神讓貴族出身的你流落到貧民區，一定有其特殊的意義！」

憤怒的情緒猶如厚重的烏雲，聚集在尼斯上方，隨著時間醱酵越來越膨脹，終於激生出了變化。

有人開始衝擊士兵築成的堅固堤防，用酒瓶和石塊來傾洩不滿，混亂中，不知誰開了槍，激變成赤裸裸的暴力衝突，慘叫和鮮血刺激刺激了情緒，民眾的狂怒愈加高漲，甚至有人拖來煤油，傾倒在市政廳外。

火燃燒起來，越來越盛。數不清的人將市政廳圍得水洩不通，對著火焰狂呼高叫，雜沓的喧鬧聲一浪高過一浪，火苗很快引燃了門扉，隨著大風快速竄升。士兵在救火與壓制民眾之間彷徨無措，幾次請求卻沒有接到任何命令，終於慌亂起來。

前任近衛官威廉適時出現，呼籲近衛軍放下武器，放棄守護已經不配為領袖帝國的執政官。威廉處事嚴謹公正，頗得下屬愛戴，此時突如其來地呼籲，加上始終不見執政官的身影，近衛軍搖擺而惶惑，槍口多半垂落下來。

被火烤熱的風捲著灰塵飄揚直上，卻無法侵入頂樓緊閉的窗櫺。

修納替愛人繫上軍裝最後一粒鈕釦，退後一步打量。

長長的秀髮盤起來，收攏在軍帽下，軍裝襯得腰線纖細，身姿俐落，多了一種明亮的英氣，唇色比一個月前紅潤了一些，晶石鏡片遮蔽了紅眸，卻掩不住靈動的光彩，美麗的雙眸盈滿柔情，牽動他的一生。

修納俯首久久凝視，忍不住在她唇上落了一個吻，「眞美！讓我想起第一次看見妳的時候。」

秀美的臉龐泛起微笑，她輕輕攬住了他的腰，眉間有一絲猶豫，最終還是沒有開口。她不確定他最終是否會後悔今天拋捨的榮耀，但此時一切已經無法改變。

修納全然洞悉，並沒有多說，只對她伸出手。火光映亮了夜空，也映紅了彼此的臉龐，她望入他堅毅的黑眸。

兩雙溫暖的手終於交握在一起。

隨著越來越凶猛的火勢，不斷有士兵從著火的市政廳大樓逃出。

民眾包圍著大樓，議論紛紛。他們的憤怒是如此強烈，任何試圖救火的行爲都會遭到群起圍攻，人們懷著滿心期望，等待執政官與魔女在大火中狼狽逃出，被亂石和酒瓶砸成肉泥。

時間一分分過去，升騰的濃煙覆蓋了大片區域，市政廳的窗口竄出了通紅的火焰，大樓再也無人逃出。

隨著風向忽變，熊熊燃燒的火苗撲上了鄰近的樓宇，咫尺間的歌劇院成了最先遭殃的建築，劇院內裝飾的大量垂幔和座椅燒得極快，冬季的乾冷又加速了火勢，當人們終於驚覺過來，一切已不可控制。

大火無情地蔓延，波及了多個地區，兩天兩夜的燃燒令幾十萬人流離失所，近百人在奔逃的踩踏中喪生，沒有人能預想到如此嚴重的後果，人們在冒煙的廢墟中失聲痛哭。

一度光芒萬丈的執政官在大火中喪生，十餘名親衛證實他在起火前仍與魔女留在房間內。這或許是唯一能安慰民眾的消息，紅眸魔女終於被毀滅，徹底從西爾帝國消失。

尼斯城有三分之一化爲烏有，猶如魔女逝去前的詛咒。猝然間，威名赫赫的帝國驕雄倒下了，西爾陷入了亂局，政壇一片震愕。

忠誠於修納的達雷將軍怒不可遏，帶領軍隊直逼帝都，誓言將血洗高層，掃平尼斯，替死去的執政官復仇。百戰百勝的軍隊形成了空前威懾，強悍的宣誓如刀鋒橫掠，西爾內戰一觸即發。

儘管部分重臣希望藉魔女事件逼迫執政官下台，卻不希望觸怒軍方，修納的猝死粉碎了所有安排，激起軍隊中威望僅次於修納的達雷將軍舉起戰旗，所有人都生出了驚恐。

在一片驚惶的爭議聲中，又是秦洛站出來，他對執政官因失當所導致的自身毀滅表示惋惜，以平和的口吻勸說達雷將軍停止衝動行事，並派遣威廉爲特使，前去說服。

爲了化解內戰，爲了帝國的安危，前近衛官威廉冒著達雷聲稱將絞死背叛者的生命威脅，毅然前行，並帶去了一封密信。

一封不長，卻足以影響帝國命運的信——

達雷：

這是最後一項命令，放棄行動，聽從秦洛的指令，不必再為我做任何事。

我很好，找到了天堂。

經過一番無人得知的長談，威猛的達雷將軍放棄了攻打帝都的計畫。戰雲散去，整個帝國都鬆了一口氣。在軍刀的陰影下，沒人敢提出彈劾達雷將軍的議案，甚至連一度站在民眾對立面的近衛軍也受到了赦免。

司法大臣閣下又一次在關鍵時刻力挽狂瀾，徹底擺脫了人們心中他曾爲已故執政官密友的陰影。西爾政局恢復了秩序，開始面對後執政官時代。

在眾口一辭的欽讚中，秦洛並沒有試圖繼任修納留下的空位，而是扶上羅曼大臣，作爲新一任執政官，這一低調的舉動令政敵大出意外，失去了抨擊的方向。

尼斯城的重建徐徐展開，西爾開始適應突變後的格局，人們修改了權力法案，增加了諸多對執政官的限制，避免一人獨尊的局面再次發生。

新能源應用成功獲取的豐厚回報，在秦洛的主導下，多數用於教育和基礎設施的提升。他制訂了扶持工業的法案，開放過去由皇室和貴族把持的資源，鼓勵商業貿易。人們從貧瘠鄉村湧向城市，湧向新生的工廠與貿易行，充滿了對未來的希望。

在榮耀之光籠罩卻又如流星般隕落的執政官逝去後，西爾帝國走上了一條全新的道路。

和暖的春天籠罩著蒂亞法城。

這是一座可愛的城市，建築繁複精巧，盛產鮮花與詩歌，空氣中飄蕩著音樂與咖啡香。街道兩旁的店鋪櫥窗亮麗，售賣著金銀器、甜品、絲綢製品、玻璃器皿，以及各式各樣的鑲嵌畫。

露天咖啡座坐著一個穿風衣的年輕女郎，美麗的紅眸十分奇特，似乎對一切都興致盎然。

蒂亞法城風氣開放，安樂的環境讓人們心態閒散，並沒有西爾對紅眸的排斥。有些路過的男人被美人的容貌吸引，頻頻注視想上前搭訕，但看到她身邊的同伴，又放棄了這一念頭。

那是一個外形完美的男人，沒有看街景，他隨手替愛人在咖啡裡放了兩粒糖，瞥見她的神態，唇角多了一絲笑，「喜歡這座城市？」

奧薇微笑道：「這裡讓人心情好。」

快樂讓她的臉龐神采奕奕，修納很滿意。

即使他們經歷了數月的海上航行，輾轉跋涉，剛剛抵達，奧薇卻完全不覺得疲累。蒂亞法街景優美，氛圍輕鬆，路人目光友善，讓她第一眼就愛上了這座城市。

停在蒂亞法城已經半個月，一切印象極佳，兩人每天在傍晚出去散步。

黃昏的城市另有一種風情，許多家庭的窗口亮了起來，垂幔下，銀燭台臨窗而置，柔和的燭光映著桌上的鮮花，旖旎的情調令人心醉。

偶然間被一列修剪精緻的樹籬吸引，他們拐上了一條小路，隨眼一掠，奧薇站住了。

那是一棟看起來有些年代的屋子，造型典雅優美，玫瑰色的外牆帶著時光的痕跡，黑鐵圍欄上攀附著盛放的薔薇。花園裡有一株繁茂的大樹，樹下放著長椅，白紗窗簾在晚風中拂動，彷彿多年的幻想突然從夢境中浮現。

「想要？」修納的話語響起。

她不由自主點了點頭，隨後醒過來，「不，它太美了，沒人會願意賣掉！」

修納一笑，以目光示意。她順著望過去，鐵門上掛著一塊木牌，端端正正地寫著「出售」。

「這棟屋子極具歷史價值，是康斯坦子爵的家族府邸，在一七六〇年建造，後來又經過幾度修繕維護，這次因爲子爵家族即將遷往其他城市，才拿出來售賣。」房屋仲介滔滔不絕地介紹著，引領客人欣賞整幢屋邸巧妙的佈局、出眾的設計、氣派的旋轉樓梯，與各個溫馨浪漫的房間。

從臥室的長窗看見夕陽下的花園，奧薇被徹底征服，但聽到房屋售價時，她又怔住了，頓時明白如此迷人的房屋爲何會空置至今。

即使對昔日的公爵小姐而言，這價錢也是相當驚人的數字！

仲介商顯然習慣了此類反應，咳了咳，解釋道：「這幢建築十分出色，價值非凡，所以售價極高，唯有慷慨的幸運者能擁有它。」

修納隨意掠了掠屋邸，「既然我妻子喜歡，請把門口的木牌摘下來。」

「菲戈，我們買得起嗎？」一小時後，兩人回到旅店，奧薇有絲疑惑。

修納從行囊中取出一件東西，解開纏繞的絲綢，現出一枚熟悉的古董匣，匣身鑲嵌的寶石閃亮如初。

「你還留著它？」奧薇驚訝間恍悟，「對了，我們可以賣掉它！」

修納深深地看著她，抬手打開了匣子。

匣子裡放著一枚漂亮的薔薇胸針，在胸針下方，鋪滿了剔透清澈的綠寶石，圓形、方形、菱形、梨形等各種各樣的形狀，看得出曾屬於各類不同的首飾，每一顆都珍罕無比，瑰麗的光芒閃耀奪目。

滿匣的綠寶石猝然出現在眼簾，奧薇完全說不出話，怔怔地看著他。

「它們讓我想起妳，也只屬於妳，所以離開帝都時，我帶在身邊，算是替民眾終結皇朝的報酬。」修納將沉甸甸的匣子放在她手心，帶著平靜的驕傲與溫柔，「我不會再讓妳受任何苦，那間屋子是妳的，我們會有一個家。」

家，多麼甜蜜溫暖的字眼！

任何一個人都能看出奧薇是多麼高興，她在樓梯上下穿梭，逡巡每一個房間，興奮得像得到心愛玩具的孩子，興致勃勃地將所有心力投入到整理屋子上。

深色的桌布、銀色的燭台、漂亮的水晶瓶與成套的餐具，種種物件一一安置在合宜的位置上，每天都有十餘名臨時傭人忙碌地洗刷整理。

作為男主人的修納完全放任她恣意而為，欣然看著屋邸一點一點隨著愛人的意願改變，配合地出門採購大批物品。

曾經指點帝國風雲的手改為圈點一張又一張購物單，修納統計完畢，正要跳上馬車，忽然被一間商店的櫥窗吸住了視線。

透明的玻璃窗內是一襲雪白的婚紗，纖細輕盈，華美浪漫，層層裙襬間綴著無數瑩潤的珍珠，猶如海上翻湧的浪花。

他在櫥窗前佇立許久，推門走了進去。

從沉睡中朦朧醒來，修納睜開眼，發現枕畔空無一人。

對著周圍陌生的環境，他突然想起，這是他們的新家，昨天，他已經與奧薇從旅店搬進了屋邸。

晨鳥悅耳輕啼，僱請的傭人還沒有到，整幢屋邸空落安靜。

修納逐一搜尋，找過一個個房間，終於在廚房看見了倩影，安定了慌亂的心頭。

她在專注地做著早餐，爐上的湯微微撲騰，散出了食物的香氣。初升的陽光映著她柔美的輪廓，幾縷秀髮垂在頰邊，清晨的廚房安詳而靜謐。

忽然，她側過頭，發現了他，綻出微笑，「醒了？」

修納摟住她，聲音輕而低沉：「怎麼起這麼早？」

「有點睡不著，大概太高興了，好像作夢一樣！」她微微紅了臉，帶上了一絲赧意，「餓嗎？稍等一會兒就可以喝湯。」

修納沉默了半晌，忽然道：「以後別在我之前起床。」

她有些詫異，「爲什麼？」

他沒有解釋，輕輕吻住了她。

用餐完畢，回到臥室，他從壁櫃中捧出一個紙盒，「伊蘭，換上它。」

純白如霧的華裙在他手中展開，她驚訝地輕叫了一聲。

一襲夢幻般的長裙、一雙精巧的銀鞋……不等她打量鏡中的自己，樓下的門鈴突然響起來。

幾名侍女捧著全套梳妝用具，替她整理頭髮與妝容，踏出房間時，奧薇發現走廊上裝飾著優雅的花球，走過旋梯，扶手上繫著金色的絲帶，行到門口，穿著禮服的修納英氣奪人，牽著她走上了一輛精緻的雙人敞篷馬車。

十五分鐘後，蒂亞法神殿迎來了一對年輕的新人。

沒有觀禮人、沒有掌聲，神殿天窗灑落的光柱下，一對新人安靜地擁吻，低沉的男聲與輕柔的女聲交融，傾訴著誓言與溫存。

我，菲戈……

我，伊蘭……

無論貧窮富貴、無論健康疾病……

所有悲傷快樂都彼此分享……

我會永遠珍惜，直到生命盡頭……
即使是死亡也無法把我們分開……

後記

一個男孩趴在庭院樹下的長椅上看書，稚氣的臉龐上有一種超乎年齡的沉靜，紅眸十分專注。男孩身畔，一隻黑白相間的貓咪調皮地抓撓著他的衣角，嘗試引起小主人的注意。

一個男人走進庭院，男孩抬頭瞥見，跳下長椅奔過去，「父親，您答應的禮物呢？」

男人揉了揉孩子的頭，遞過一把精巧的短刀。

男孩愛不釋手地翻弄，一會兒後想起來，問道：「父親，爲什麼他們說紅眸是魔鬼的標誌？」

男人眼眸微沉，道：「誰這麼說？」

「這本書。」男孩拿起書，遞給父親，「書中說，紅眸魔女迷惑了偉大的執政官，讓他走上了死路。」

翻了翻書頁，男人啞然失笑，隨手丟開，「別理會那些愚蠢的人，他們並不知道什麼是眞相。」

一個黑眸小女孩從窗口探出頭，突然看見歸來的父親，快樂地奔出來，被男人舉起來放在肩頭。

不受妹妹的干擾，男孩繼續話題：「父親，您認爲眞相是什麼？」

男人微笑，帶著孩子走進屋子，「或許魔女是一位天使。」

聲音漸漸遠了，男孩的話語充滿疑惑，「什麼？」

男人的聲音斷斷續續地飄過。

「她帶領執政官去了另一個……完美的世界……」

被丟下的貓咪無趣地搖晃著尾巴，一陣風吹過，嘩嘩翻動著書頁，最後停在了扉頁上。

這是一個黑暗的時代，這是一個光明的時代

一切在黑暗中崩毀，光明也在其間滋生

——西爾帝國第一執政官‧修納傳

貓咪跳上長椅，伸了個懶腰，趴在書上，打起了呼嚕。

番外之秦洛

揮別同僚，從酒館回到住所，秦洛微醺地倒在床上，半晌後冷笑出聲。

儘管盡了一切努力，挖空心思謀求的職務還是落在伯爵親侄——一個除了賭博酗酒之外，一無所長的蠢貨頭上。

這就是現實，缺乏足夠的金錢賄賂和強勢背景，想在軍中攀爬，難如登天！

躺了半晌，秦洛意興闌珊地拆開幾封來信，看完怔了一會兒，唇角不可遏制地浮出笑意。

一架夢幻般的天梯驀然出現，他竟然意外獲得了林公爵的青睞！

秦洛仔細回想關於林氏公爵小姐的傳聞，卻完全沒有印象，這位身分高貴的名媛似乎從未出現於社交界。

莫非她醜到難以形容？

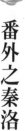

從夏奈那裡打聽出的資訊十分矛盾，對方幾乎用光了所有讚譽之詞，他卻聽得幾乎想打呵欠。

集這麼多美德於一身，又挾林氏家族之利，卻依然是個寂寂無名的少校，這足以說明林伊蘭並不像夏奈吹覷的那樣優秀。

這位公爵小姐甚至無法憑自身魅力擄獲一個出色的追求者，這令他對未來伴侶的性情容貌期望值降到最低。但這無關緊要，她是林公爵唯一的女兒，身後是強盛驕橫的林氏，將來更有可能成為權傾朝野的女公爵，他不介意她是否醜如巫婆，單憑尊貴的頭銜，已可令追求者前仆後繼。

休瓦城是個好地方，有放縱不羈的過往，有數年未見的兄弟，還有給他帶來一路青雲的公爵小姐，他懷著愉悅之心重返故地，接踵而來的意外，卻是始料未及。

公爵小姐是位美人！

她被編為軍隊底層士兵，甚至險遭軍痞染指，顯然不受林公爵喜愛。這對父女之間，似乎存在某些嚴重問題。

現實與計畫略有偏差，娶到她未必能得到所期望的一切，但她畢竟是林公爵的獨生女，依然有追求的價值，只是應對這位美人，比想像中艱難百倍。

秦洛不知道林公爵是否覺察過這個女兒有多像他，一模一樣的榛綠色眼眸冷淡疏離，彷彿能看透內心隱藏的一切，即使微笑也毫無溫度，彷彿無瑕而冰冷的寶石，令人難以觸及。

面對這樣的女人，他完全使不出任何調情手腕，只能盡力表現得體貼關懷。無論如何殷勤、百般討好，她始終冷靜有禮，不露半分情緒，顯然不是迫於父親的壓力，她根本不會給他接近的機會。

除了缺少那份睥睨萬物的強勢高傲，她的一切都與林公爵極爲神似。

秦洛禁不住惡意猜想她在床上是否也如此冷漠，如果那天菲戈不曾插手，事後公爵小姐會是何種表情？僵持的關係令他倍感挫敗，還沒想到辦法改善，秦洛意外地窺見了冰山美人的另一面。

輕淺的微笑溫婉動人，美麗的綠眼睛彷彿盛滿星輝，白色翻領襯衣、黑色緊身馬夾，天鵝般的頸上垂著一枚瑩亮的綠晶石，明明是男式衣著，卻顯得光彩奪目，吸引了無數視線。她依在男人懷中，微微仰起頭，姿態親暱自然，在貧民窟的地下舞會，他們叫她「菲戈的女人」。

菲戈俯瞰著她，眼神專注而溫柔，兩人之間有種異常親密的氛圍，任誰都能看出他們關係非同一般。

秦洛幾乎要狂笑，但看著菲戈的神情，他又笑不出來。幸好，儘管一時發昏，菲戈仍然是菲戈，知悉眞相後，很快中斷了不該存在的旖情。

不知情的人很難發現公爵小姐的異常，唯有秦洛明白她消瘦的原因，心底有一絲陰暗的快意。他已經徹底洞悉那張矜冷俏顏下的祕密，窺見她嚴謹教養下的放蕩與叛逆。

迥異於表相的服從，這位公爵小姐骨子裡桀驁難馴，以至於對門第相當的追求者漠然相待，卻對叛亂分子委身相就。然而，她終究無法違逆林公爵的意願，等她成爲秦夫人，他有足夠的時間剝下她的面具，徹底控在掌中。

沒有想到，林氏再次超出了秦洛的預料，林公爵不僅是位無情的將軍，更是位無情的父親。酒會上的宣告彷彿一桶冰水澆下，他費盡心機娶到的，不過是一枚林氏棄子！

憤怒和失望席捲心頭，秦洛甚至無法再維持表面的微笑，轉瞬之間，眾人的目光從嫉羨轉為嘲諷，無數竊竊私議，句句難堪而刺人。

他的未婚妻似乎早已預見，只淡淡地望了他一眼，榛綠色的眸子毫無波瀾。

他無法忍受地轉頭離去，將這可憎的女人與人群一齊拋在身後。從侍者盤中撈過一杯酒一飲而盡，他走上三樓，進入狹長的走廊中的一間房，反手鎖上門。

他望著佇立窗前的男人，咬牙切齒地咒罵：「你不會知道我剛剛聽說了什麼，林公爵竟然當場宣稱一個不知從哪找出來的小子為林氏未來的繼承人，而他的女兒卻一無所有！故意挑這種時候，那個該死的混球根本耍了我！」

穿著侍者衣服、倚在窗沿的菲戈一言不發，從窗幔縫中凝望著樓下燈火輝煌的舞池。

從這個角度看去，盛裝的公爵小姐安靜地佇立在一角，衣上的鑽飾瑩瑩閃爍，身邊空無一人。另一頭是被各色貴族簇擁的林公爵，未來的林氏新貴隨在公爵身邊，拘束而緊張地應對。

他的兄弟似乎沒聽到他的話，沉沉地開口：「你該去陪她，她今晚很美。」

「她除了美貌之外，一無所有，哪個白癡願意站在她身邊？」他嗤笑出聲，「看我多好運，所有人都在嘲笑我這個傻瓜！」

菲戈的視線一直沒有離開舞池邊孤獨的纖影，「你不知道自己有多幸運！」

他氣得笑出來，扯開領結譏諷：「幸運？幸運到我成了上流社會的笑柄！」

「既然你認爲毫無價值，那就終止這場交易，你盡可以去找個更有權勢的妻子。」

「假如林公爵不介意，我求之不得，」秦洛克制不住地嘲諷，「可我現在只能感激涕零地接受！我對這塊只會冷淡微笑的木頭沒興趣，如果你想要，可以挑我不在家的時間。」

一記重拳打在下顎，秦洛踉蹌地跌出幾步。

菲戈的聲音低得像胸膛裡的回音，帶著壓抑的憤怒：「洛，我從沒羨慕過你，即使當年你被接回貴族家庭，即使你有錢有地位，而我是個街頭貧民。但現在我卻強烈嫉妒你能站在她身邊，你能與她跳舞，你能名正言順地擁有她，而不會玷辱她的名譽。可你根本不懂珍惜，僅僅將她視爲一個刻著林氏徽記的墊腳石！」

秦洛沒有還手，按住疼痛的頷骨，沉寂了好一陣，終於開口：「對不起……」

那一抹倩影已經消失了，菲戈額角抵著窗戶，沉默地閉上了眼。

「我知道你喜歡她，」走到門邊握住鑲銀的把手，秦洛低聲道，「可我必須娶她，她和我，都別無選擇！」

是的，別無選擇。

再如何不甘，都終將屈從於現實，對強權俯首，無人能從中掙脫。

秦洛無從想像，不僅是他，所有人都無法想像，那個女人會以何種意志，與森冷嚴酷的命運對抗。他選擇冷眼旁觀，看她崩潰，看她倒下，看她蒼白平靜的臉。

最後她挺直背脊，轉身而去，遙遠的海上，夜色中烈焰焚城。

菲戈一無所知，成爲修納之後，他極少提起昔日的情人，但秦洛清楚，摯友所做的每一件事都是爲了她。這一次，他選擇成爲參與者，誘惑菲戈踏著鮮血白骨，一步步走向早已不存在的目標，以決心和毅力傾覆整個帝國。

某種程度上，菲戈與林伊蘭是同一種人，冷靜理性，卓有遠見，從不作無謂的犧牲，可一旦決定，卻能心意如鐵，拒絕任何妥協，與命運決戰到底。

秦洛知道，他永遠也不會如此愚蠢，但林伊蘭這個名字，他會記住。

他依然會沿著自己選的路，以自己的方式前行，同時在心底保留一份尊敬。

番外之修納

有些事已經過去很久，卻從來沒有從記憶中淡去。

比如伊蘭髮上的香氣、鼻尖柔美的弧度、指尖微涼的觸感、倚在床沿看書的樣子、抬眼時明亮的綠眸……

想她的時候，一切都清晰如昨！

她是那樣美好，從不抱怨、從不詛咒，一直微笑、一直忍耐，直到最後，從這個殘忍的世界消失……

那具美麗的身體已經不復存在，再一次認知這個事實，他的心頭竟然不再刺痛，而是專注於另一具完全陌生的軀體。

昏迷中的女人肌膚隱約發燙，她很瘦，小巧的臉全無神采，額角的傷口血痕宛然，儘管室內壁爐燒得極熱，她手腳仍縮成一團，像一隻畏冷的貓。

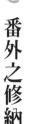

這副身體與過去毫無半點相似之處，唯一相近的是同樣年輕漂亮！

昏睡中的女人偶爾會發出模糊的囈語，喃喃地喊著一個人。他知道，她在呼喚至愛的嬤嬤，就像十年前那樣，那位慈愛的老人是她一生中最親近的人，即使早已不在人世，似乎依然能帶給她溫暖。

或許那是伊蘭潛意識中唯一依戀的人！

她不會呼喚父親，林公爵帶給她的只有冷酷；她不也會呼喚母親，公爵夫人逝去得太早；她更不會呼喚他，他帶給她一次又一次傷害，讓她的生命遍佈荊棘，鮮血淋淋……

他虔誠地親吻女人蒼白的眉心，最後把她柔軟的身軀緊緊攬在懷裡。潮濕的眼眶裡似乎有液體流出。懷裡的人不適地輕哼，他的手臂稍稍放鬆了一點，把頭枕在她的長髮上，閉上了疲憊至極的眼。

他深愛的薔薇還活著，這一現實，勝過世上的一切！可他的心比想像中更貪婪，他想讓她微笑、想聽她說話、想她像從前那樣溫暖信任地看著他。

她的眼眸卻一直低垂，稍一接近就本能地畏縮，好像他是個惡魔，會和所有人一樣殘忍地傷害她。這樣的反應讓他幾乎窒息，他情願她抱怨、指責、憤怒地斥罵。

她不會叫他的名字，不會渴望他的親近，不會對他有任何要求，只會迴避地低著頭發呆。那雙緋紅的眸子清澈動人，卻經歷了太多，盛滿慌亂和疲憊。

十年間，她有沒有想起過他？十年後，她怎麼看他？她是否後悔過昔日的一切？會不會憎恨如今的他？

他想用最柔軟的聲音呼喚她，讓她別再恐懼地退避，他已經有足夠的力量，會傾盡全力來保護她，寧可折斷自己的手臂，也不會傷她一根手指。可他說不出一個字，他永遠無法原諒自己曾經讓她承受的一切。

他只能在她被夢魘困住，大汗淋漓時推醒她，只能爲她披上一塊軟毯，按亮晶燈後遠遠地退開，因爲任何一點觸碰都會讓她極度害怕。他已經成爲一個陌生人，甚至在情緒略微鎮定下來之後，她會爲打擾他的睡眠而不安，擁著毯子前往壁爐前的沙發。

火光中，她的臉格外蒼白，痙攣的雙手插入髮際，一遍遍梳摩讓自己放鬆，彷彿慘烈的痛楚已經烙上靈魂，無法克制地戰慄著，直到黎明時才勉強合眼。

他只能背脊冰冷地旁觀，不敢去想是怎樣的夢境，讓自控力極強的她瀕臨崩潰。

淺眠的臉頰映著月光，如十年前一樣皎潔美好，似乎不曾經歷過任何殘酷。那時的她，像誤墮朽爛荒靡之地的天使！

毫無紀律、毫無約束，慾望肆意橫流的貧民區讓孩子提前成熟。他和秦洛一樣，十四、五歲已經諳熟了一切遊戲，知道怎樣從女人身上得到快樂，也知道怎樣讓女人快樂，心底清楚她不能觸碰，卻渴望那雙榛綠色的眸子迷惘、繚亂、沉醉，染上慾望的色彩。

太乾淨明亮的東西會讓人想玷污，不知那個叫戴納的雜碎是不是也有這種感覺？

既強悍又脆弱，既謹慯又大膽，既理智又放縱的女人，說不清是因爲什麼緣由，他得到了她。她不是他第一個女人，也不會是最後一個，她只是……比較特殊！

沒有承諾，沒有約束的一場遊戲，漸漸有了莫名的期待，他開始不受控制地捕捉她的笑。沖淡了憂傷，忘卻了陰影的笑，像盛開在陽光下的花，令心情輕盈美好。他不知什麼是愛，卻不想讓她離開，對她的渴望已超乎尋常，這是個異常危險的信號。

是的，一切都會結束，但現實不該如此錯亂！

她是公爵的女兒，秦洛的未婚妻，不久的將來，她會在秦洛懷中輕顫，誘人的身體烙上他最好的朋友的痕跡。

她會有個英俊精明的丈夫，兩、三個風趣體貼的情人，成爲上流社會地位顯赫的貴婦，貧民區的夜晚不過是一場刺激的遊戲，甚至可能在多年後，讓她感到骯髒而羞恥。

灼熱的嫉妒塞滿胸膛，恣意瘋長的想像令他想毀了她。他能用無數卑鄙的方法折斷她的翅膀，將她困在這裡，成爲他永遠的囚徒，她如此信任他，毀滅輕而易舉。

可她是一朵高貴驕傲的薔薇，有拒絕墮落的靈魂，沉靜溫柔，卻沒有半分懦弱。他吻過這朵薔薇，品嘗過甜美的芬芳，已經是難以想像的幸運，她終究不屬於他！

他選擇提前結束所有的混亂，以她絕不會忘卻的方式。

他失去了她，沒資格再碰她，可他卻忍不住親吻、忍不住擁抱，忍不住再度侵入和佔有。一個錯接著另一個錯，一次悔連著另一次悔，痛楚比歡樂更綿延久遠。

休瓦的盡頭並不是解脫，而是更徹底的黑暗！

沒有任何能感覺到她存在的東西，他拒絕相信墓碑下那盒灰燼是夢境中的人，更願意傾聽公爵府的僕役描述那個喜愛騎馬討厭打獵、享受音樂與美食、時常逗弄貓咪的公爵小姐。那是他還來不及瞭解的一面，與永遠冷靜克制的伊蘭不同，卻更加眞實可愛。

紛亂的夢境仍然時有襲來，不過有什麼關係？她已經落在他的臂彎。

宮廷御點師已經到了，明天會有她最愛的甜點，他會慢慢讓她放下戒備、忘卻恐懼，接受他的存在。

那雙漂亮的紅眸，笑起來一定非常美麗。

這一次，他絕不會放手！

作者記

薔薇之名終於完成了，期間歷經數次大修、小修無數。在我已完成的作品中，沒有一本比它更艱難，更耗心力。行文之初，我曾考慮過夜行歌與薔薇之名寫作孰先孰後，事後很慶幸先寫了夜行，否則以我當初青澀樸拙的筆力，很難想像是否能順利完成這個陰暗曲折的西方故事。

薔薇的故事從何而來？大概要追溯到許多年前，一次暑假無意看到司湯達的短篇《法尼．法尼娜》，那時還小，不懂愛情與階級的衝突，卻對女主角因愛而犯下的罪及故事的慘烈結局而深覺震撼，久久難忘。又過了多年，偶然一夢，夢境大致是伊蘭與菲戈水牢相見的場景，醒來仍記得那種穿透骨髓的冰冷絕望。每次憶起，都有一種強烈的感覺異常鮮明，如哽在喉，不得不吐。

寫作中，我發現薔薇已經超出了原先的預想，它有了自己的意志和生命，這讓我痛苦無比，也讓我深深沉迷。它的黑暗與光明、榮耀與罪孽、慘烈與輝煌，如此矛盾卻又如此不可分割，令我甚至害怕自己無法完好地呈現給讀者。

是的，我愛它。如果親們覺得不夠好，那一定是因為我筆力上的欠缺，在此向大家致歉。同時必須坦言，作爲一個寫手，我愛深暗的背景，我愛堅韌的人物，我愛絕境中突圍而出的決裂之美，沒有漆黑如淵的底色，怎見鑽石般奪目的意志之光？如果大家覺得我對女主角太狠、太虐，那實在是因爲我對她有更多的愛。

感謝所有看過小說並堅持到最後的讀者，感謝你們所付出的時間與耐心。

正因爲你們，我才能堅持自我的繼續寫下去。

愛你們，永遠！

紫微流年

蔷薇之名

ROSE'S NAME

下

天使之淚

作者：紫微流年
發行人：陳嘉怡
總編輯：陳曉慧
主編：方如菁
文字編輯：黃譯嫺、李　晴
美術編輯：陳依詩
排版編輯：劉純伶
出版者：耕林出版社有限公司
發行地址：807 高雄市三民區通化街47巷3-1號
電話：07-3130172　　　傳真：07-3130178
讀者服務專線：0800211215
劃撥帳號：42205480 耕林出版社有限公司
網址：www.kingin.com.tw
E-mail：kingin.com@msa.hinet.net

總經銷：宇林文化事業股份有限公司
總經銷電話：07-3130172
總經銷地址：807高雄市三民區通化街47巷3-1號
物流中心電話：07-3747525　07-3747195
物流中心傳真：07-3744702
物流中心地址：高雄市仁武區仁心路199巷6-45號

初版：2016年02月
定價：台幣750元(三冊不拆售)

國家圖書館出版品預行編目資料

蔷薇之名 下卷 天使之淚 / 紫微流年 著.
-- 初版. -- 高雄市：耕林，民105.02
冊 ； 公分. --（系列；006）
ISBN 978-986-286-652-8（全套:平裝）

857.7　　　104029042

耕林 Just Novel
就是小說